i

想象另一种可能

理想国
imaginist

顾湘 著

老实好人

上海三联书店

图书在版编目(CIP)数据

老实好人 / 顾湘著. -- 上海：上海三联书店，
2023.10
ISBN 978-7-5426-8190-4

Ⅰ.①老… Ⅱ.①顾… Ⅲ.①中篇小说－小说集－中国－当代②短篇小说－小说集－中国－当代 Ⅳ.
①I247.7

中国国家版本馆CIP数据核字(2023)第146635号

老实好人
顾湘 著

责任编辑 / 苗苏以
特约编辑 / 黄平丽
装帧设计 / 陆智昌
内文制作 / 马志方
封面绘图 / 顾湘
责任校对 / 王凌霄
责任印制 / 姚军

出版发行 / 上海三联书店
（200030）上海市漕溪北路331号A座6楼
邮购电话 / 021-22895540
印　　刷 / 山东韵杰文化科技有限公司

版　　次 / 2023年10月第1版
印　　次 / 2023年10月第1次印刷
开　　本 / 850mm×1168mm　1/32
字　　数 / 120千字
图　　片 / 4幅
印　　张 / 7.5
书　　号 / ISBN 978-7-5426-8190-4/Ⅰ·1823
定　　价 / 59.00元

如发现印装质量问题，影响阅读，请与印刷厂联系：0533-8510898

世界上的人越来越多的时候，就有越来越多的人不想当人了

有一个人想要变成木头、石头之类的东西

结果神让他变成了一个五斗橱,摆在宜家商场里

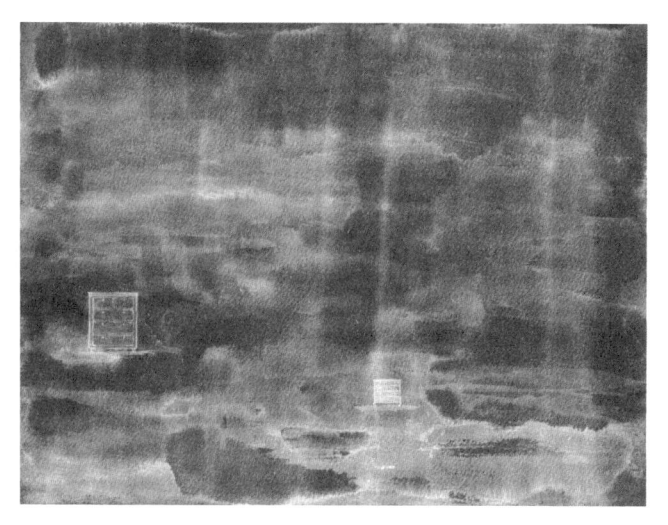

有天商场关门以后他忍不住问一只四斗橱:
"你也是人变的吗?"
对方沉默不语,
他为自己开了口而懊恼

《宜家》

目 录

1 头 盔

5 炖牛肉

25 音乐节

41 敬老卡

63 卖燕子的人

71 留下的狗

77 和平公园

123 稀有的鱼

127 下沉

177 心愿奶鱼

183 球形海鸥

头盔

戴着头盔时遇见小丁迎面而来，骑着自行车，他逆行啦。

虽然戴着头盔，还是被他认出来了，他在路边停下来和我打招呼。我说："好久不见啊！"他也说："好久不见。"他又说："你买了个头盔啊。"我想，碰到人打招呼，要不要脱头盔啊？有没有这种礼貌？可是脱下来的时候我的头发会乱糟糟的，把握不好。还是不要脱了。戴着头盔是不是显得我很怕死啊？我又想，我该说什么啊？有点情不自禁想逃。

有一次太想逃了，不假思索，小丁一句话都没说完，我就飞快地骑车跑了，方向还不对，然后再掉头往回骑。

我有一个朋友迷恋一个女主播，花掉了所有的钱，十几万。昨天还听说一个朋友的同学死了，三十几岁，脑瘤。几个月前我在这一片骑着电动车来来去去,夜里冷得要命,想想也不知道是为什么。热情这个东西有着的时候赴汤蹈火,没了就没了。热情啊命啊,有了也可以算幸事,也可以算倒霉,没了也是没办法。我现在觉得,热情来的时候,就自己默默感受它,然后等它过去,不要透露,不要跟别的事牵扯混淆,就像自己挺过一场发烧一样,挺好的,谁也不麻烦。

我有一天想:假如我突然发生意外死了——骑电动车似乎不太安全,虽然我很遵守交通规则的——当时正怀着许许多多的热情,因而变成了鬼,是不是就会卡在永远那么喜欢小丁的热情里,在这一带徜徉,那可真尴尬啊!如果小丁看得见我,不是会令他也感到困扰吗?身为鬼的我,能分辨出我只是陷于一个暂时的不算什么的迷恋里(但被困住也很苦恼乃至绝望呀),还是全然只能感受到满腔热情呢?——可不能突然死掉呀。结论就是这样。于是我买了一个头盔,尽管大多数骑电动车的人都不戴头盔。我戴起来也有一点害羞。

"怕死啊,"我回答小丁,"你也不要逆行啊,注意安全!"

"哦!"小丁说。

(2017.6)

炖牛肉

夜里十一点多下班回到家，发现住的楼着火了。

楼不让进，门口保安说从上烧到下。

不知道里面烧成了什么样，说不定我的全部家当都没了。于是又想：我有什么家当呢？一台笔记本电脑，有点心痛的，虽然已经用了两年，里面也没有花费心血写的文章，没有珍藏的回忆，这样一想，除了钱以外，也有点心痛这两年好像什么也没有做、却累得够呛的日子——这样的日子其实好像还不止两年。还有堆了许多的衣服，老是想买衣服，每天都要看网店的更新，但其实并不喜欢打扮，每天就穿那么两件，没穿过的新衣服不得不买塑料收纳箱来放置，那种塑料盒子，再好的堆在家里也显得简陋，说着：你没有自己的房子、买不了正经家具，要随时准备搬走哦。那些徒占空间的衣服，烧掉了好像也不怎么心痛，没有特别喜欢的，买了那么多衣服竟没有特别喜欢的倒更令我心痛一点。还有很多书，不过，想开一点，看过的也看过了，没看过的……大概有很多都忘了吧，说起来看过的也有很多忘了个精光，就像没看过一样。所以，好像也算不上有什么家当。还好没有养小动物，不然怕是会心痛到眼前一黑。一直觉得是遗憾的事，有朝一日也会让人感到宽慰庆幸，生活就是这么的和善。在没想起在意的东西以前，现在最在意的是下班回家竟回不去了，做好了要休息的打算结果落了空，太倒霉了。

　　周围也没人了，没有人可以问问讲讲，火已经烧好了，消防队也来过了，人都去睡觉了。但是他们都到哪儿去睡觉了呢？他们都有地方去哦？原来都一直自备着后路的啊？保安在我面前打了个电话，又跟我说附近有街道安排的宾馆。"佳诚宾馆，就这边走过去右手转弯过两个路口就看到啦。"他说。佳诚宾馆，我脑子里搜了一下，好像在冒菜店和奶茶店的附近看见过，看见的时候想：谁要到这种地方来住旅馆啊？旅游和出差的人都不会住这里吧，大概只有讲实惠的野鸳鸯来圆鸳鸯梦，要不就是家里容不下了的已婚者，不想去投奔惊动亲戚，先在这里对付一下，想一想，讲不定过两天又能回去了，也要想一想假使回不去，接下来的办法。

走到那边，居然说要自己付钱，说了是着火房子里的人仍是如此，旅馆的人说也说不清，大概是说要先付，再拿发票去街道报销。我也没有很想住，看看鼓起开裂的护墙板就觉得里面藏了无数只蟑螂（略小的那种），不挑别的情侣不知道在抽屉里留了多少团卫生纸，也要八十块钱一晚。上班上到十一点已经累死了，住进去，浑身的疲累和汗沾来的灰尘就会和那些东西黏在一起脱不开身了吧。累得恶心，还很热。想洗个不必太提防着突然看见蟑螂的澡，猛然面对空荡荡人生的人就是这样。

又走了几百米，找了个商务快捷酒店住住。

跟房东也打了电话，他说明天早上过来一趟。

躺下了又睡不着，心想保安说是顶楼烧下来，那么是我楼上烧了吧，刚才天太黑，什么也看不见。

第二天楼还是不让进，大概里面乱糟糟的，怕人进到别人家乱拿东西。我绕着楼转了转，我住的朝西的那一边还好，烧的是朝北的，朝北那边顶楼往下窗户都是黑的，可能我家只是熏到或房间进水了，看到我家的窗帘还在，就有点放心了。运气还算挺好的，想去买张彩票。买了七十五块钱，乐透和双色球都买了点。

早上看门的爷叔也比昨天晚上的好，不过想想大晚上被派来看门也确实蛮郁闷的。房东又说有事要晚点来。回旅馆又睡了一觉，中午起来去上班。年假已经被用掉了，所以家里着火也要去上班，而且要打电话请假很麻烦，还不如默默地去上班方便。上班前又去看了一下，被告知这一段时间都不能住了，封门了……门上贴着封条和封闭火灾现场的公告，早上九点可以由人领进去拿东西。

租客没有资格和街道谈赔偿，租客什么用也没有，没人理租客，只有房东去谈，没想到我的房东也没资格谈，他去参加调解会，居委会要他找卖他房子的人来谈，他是买了房子，但过户没办成，房子是还在不得买卖年限内的拆迁安置房，结果屋主不理他，屋主好像连把房子卖给他这件事都后悔了。听起来怎么好像比我还倒霉，他没办法，也不肯退我交的租金和押金。他还说他问了律师，按照他的道理，如果我要终止合同，是我违约不是他违约。要上班又没房子住的人哪里还能追求什么公道呢？我只好想，下次到要交房租的时候就不交，扣我没住的时间的租金吧。居委会也不说断水电、楼道施工大概要多久，让人也没办法好好安排，像是什么不可言说的秘事，感觉是他们只要赔偿没谈妥，就不打算让人住进去。然而这是后来才体会出来的,一开始我以为过两天就能住回去了。

想起我之前租的房子,房东涨房价,如果不是一个老头和我说,而是原来跟我打交道的老太太跟我说,我就不会换房子住了。那个老太太人好,大概很怕跟我说涨房租的事,后来就一直让一个老头给我打电话,老头话很多,算这算那,收租还要在屋子里坐下,数落我:房间太乱,还不结婚……我就说我不租了。一边想,老太太跟我说过老伴已经过世了,这个老头子是谁啊……凭什么坐在这里数落我啊……那和气的老太太在和这么计较又啰唆的老头交往吗?总之,没房子是苦的。有房子的人的朋友都可以坐在你房间里数落你。

开始工作时,大约是传统媒体行业的金秋,看起来还挺美的,繁繁荣荣,但似乎寸寸地错过了凭收入还可能买得起房的最后的年头——当时并未察觉,事后才发现。公司周围的街景看上去跟市区不沾边,有时几近荒无人烟,房价却已被含蓄内敛的程序员们不声不响地带高。如果不读研究生的话,也许能买到房子。尔后,风开始变凉,行业渐现凋零,同业们各寻前路。我在领了遣散费休息了一年之后,到了现在的单位上班——电视台,唯一的好处是,父母亲戚觉得电视台是个好地方。因为别人都在做新媒体,不做就很没面子，如果做得太差也很没面子，所以要至少显得好像很热闹，做做样子，于是就要把几个平台上的留言用后台技术导来导去，让手机新闻客户端看起来互动量大一点。一个人在这里留言，也会在别处看见自己的留言。技术是按关键词自动导入，美韩军演的新闻下会导入一堆讲朝鲜的留言，电视台要我这样的职员拣出对的留言让它显示出来，因为留言默认都是不显示的。做了好多年记者，技艺全然无用，只能给机器人打下手。过年时亲戚老是问：你在电视台看得见什么著名主持人吗？不好意思，看不见，我是小喽啰，小得不能再小，比我大学时给电视节目写无聊的胡闹小品那会儿还要喽啰。

在电视台里并没有结交到可以借宿的朋友，还好以前交到过，朋友主动说如果不怕上班远的话可以去她家住，她家在九亭，听上去很远，地图上一看和我从家里去上班路程只差一分钟。我以为没几天的事，问："真的可以吗？"正好我有一条新睡裙，虽然从家里拿出来带着烟熏味。朋友爽快地说："可以啊！"我说："哦！应该很快就能住回去了吧！"结果发现恐怕不是那样，尽管对方说着"没关系的，你住着呀"，我也不敢冒险信以为真。像十九岁时去男朋友和他父母家借住一天时一样，随时准备做事和陪聊天，一面和不愿接电话的房东发信息，见缝插针地看短租房讯息。地铁九号线比十二号线还要恐怖，感觉郊区人早高峰时间坐地铁到城里，会被挤得魂飞魄散，只剩下糜软的肉体。反正上班也不需要除此以外的东西。第六天不上班，回小区看看仍没一点快要好了或几时能好的音讯，楼空了，认识的邻居也找不到。找房产中介看到一个可以租一个月的房子，就是"什么？这样也要五千块？"的那种，但是想想火灾没烧到我家，更没烧到我人，花点钱没关系的，包括能找到房子也算运气好。明明处于很惨之中却仿佛劫后余生要哼起歌来。

之前觉得很麻烦的"学习"也已经在进行中。虽然的确荒诞乏味，但学了也不会死。像太累了反而睡不着一样，事情堆在一起，承受着，也就这样。大概有一点麻木吧。人能默默接受下来的弹性真大啊，对此我感到惊诧。

我想起汽车男来。

其实我还挺常想起他的，是想起而非想念。时常想起是因为他在聊天软件上对我说的最后一句话我一直没有回，连"已读"的勾都没勾上。也不是句多要紧的话，就是我对他说最近太忙了，要学习，还要体检，没时间玩了，他先是说了要注意身体的话，隔了几天问我：检查结果怎么样？我当时不想回话，一方面觉得我们的关系没有到要报告体检结果那么亲近。我把他作为一名男性，而不是一个无所谓性别的朋友。越久不回就越难回，索性再也没有理他，把那个问题抛在了那里，宇宙中。他也没有再说别的话，就像是，莫名其妙地被甩了。还没有成为恋人，就被以奇怪的借口拒绝了，在他看来大概是这样的吧。而他想必通过社交网络看见，我并没有一病不起或撒手人寰。出于责任感，我感到突然的不理睬或有不妥，然而想想也无话可说，也不想重新开始消磨彼此的时间，就怀着一点歉疚不理睬也罢。正是这样才会想着，并在打开聊天软件时注意到，由于我没有打开他的窗口，他那句话后面始终是那样单独的勾。

在不理之前，我们还算挺好的，"正在发展啊"，貌似。只是我一直想着"没有发展前景的啊"，静静传递着"我可不想结婚啊"的信息，然而通过观察，认为他是要结婚的人，而且他似乎太过正面，只有正面般简单。如果和这样的人开始交往，后来却免不了要对他说："对不起，我可不想结婚，而且，连兴趣都失去了……再见哦！"这样的话说起来很艰难。还是能不理就不理吧，哪怕使他有一点儿闷，一点点闷也闷不到哪去的，毕竟不是恋人。我也会想，人要去哪里交一个朋友——住得不太远，方便有时出来吃吃饭，吃穿着拖鞋轻轻松松、骑自行车就能回去的夜排档，一起打打游戏，这不算非分之想吧。但是城市太大、房子太贵、人太忙，这件事就变得困难。朋友们相距太远。汽车男刚好是可以这样的一位朋友，他的优点就是住得近，这么说好像也不太客观。

他的优点还是挺多的。

他是我在游戏聚会上认识的，散了以后发现住得近——七公里，你觉得一点也不近对吗？从鲁迅故居到人民广场，也就六公里。但是在广袤空旷的浦东，各自骑车到可以碰面又有饭吃的地铁站三公里多，还是可以接受的。称之为汽车男，是因为他在这里的一个名牌汽车研发中心当发动机工程师，有时会坐在蚊子很多的汽车里做测试，有时出差去客户那里，有时到高海拔的地方做试验——我对他工作的了解就是这些，他说来说去也只有这些。毕业于如雷贯耳的那几所大学以外的重点大学，在一所内燃机燃烧学国家重点实验室里待了六年，博士，他还是挺引以为豪的，虽然不曾用炫耀的语气，透露时却能感觉到。还有就是党员，父母家在济南，会自己做饭，有爸爸传授的厨艺窍门，给我发过好几张他做的菜的照片，看起来挺不错的，比我会做。勤劳质朴、三好青年、业余时还会做自己的项目，买过《失控》（没有看）。

我也想过，会不会人家也只是想当普通朋友，我想多了。会吗？有人会这样积极主动地与普通朋友来往吗？你会频繁约普通朋友吃饭、看日出、逛公园、看电影吗？我反正是不会的。我就想，宁可信其有，多一事不如少一事，绝大多数时候我这么想。偶尔我会想：要不要试一下看看？不过总是否决了。不过不能否定的是，毕竟这么想过一下下。

凌晨四点见面，三点多就要起床，还留出时间化了一点妆，接着骑上十多公里自行车到出海口，毫无兴趣也不可能干。然而我知道自己，对什么都容易有兴趣，也很容易感到无趣，一旦无趣就一点劲都提不起来。也因为这样的兴趣交过男朋友，什么地质或天文学的知识啦，练武术的经历啦，需要保密的工作内容啦，或是在食堂门口用手抓饭吃的笑谈啦，身影好像落落寡欢啦，全都能引起我的兴趣。我有兴趣时，如果对方行动合拍，就会交往起来，随后我发现兴趣不过是兴趣，就像对路边草上的蛾子也会凑过去看，却与喜欢并不是同一回事，新鲜感激发的热情更是可疑。到底什么是爱呢？

也有过一点被打动的时候。有一天我收到了广西亲戚寄来的荔枝，一个人确实吃不完，就对他说地铁站见。因为我单纯只是想拿点荔枝给他，就没打算要停好电动车。骑在车上，递给他装荔枝的袋子，就要走。他有点错愕："啊，不去吃点什么吗？"我说不饿啊。他又争取了一下，说要不去他家，他家有牛肉，可以做炖牛肉吃。我因为想的是给一给荔枝就回家，就还是说："哎真的不饿啊，要不下次吧。"说着骑着电动车就走，走了五十米，一阵狂风吹来，帽子要被吹飞——正一阵风似的离开，又要停下车跑回去捡帽子，不是有点丢脸吗？——我忙腾出左手去抓帽子，动作一大，握着车把的右手似乎不由得猛拧大了一下油门，瞬间明白已失去控制，车要摔倒，无能为力，人也随之摔了下来，穿着短裙裤，裸露的左膝着地，一时坐在地上起不来，往回看，那个人竟还没走，见状赶紧蹬着自行车过来，帮忙捡起手机、包、凉拖鞋——凉拖鞋的带子断了，我说不要了，他问我站得起来吗？嗯。要去医院吗？送你好吗？打车回家吗？去比较近的他家处理伤口吗？我一概说不要，光着脚再次毅然跨上我的电动车开走。回到家，疼痛彻底活了，像生下几分钟后的小鹿咯噔咯噔跑起来，跑到早春结冰的河面上，像河面哗然裂开几百米，像挟冰的河水奔涌，我疼得龇牙咧嘴、冷汗涔涔，在柜子低处翻找碘伏，屈膝太痛，只能把左腿斜伸出去，把挡在外面的东西全拨到地上，稀里哗啦，一片狼藉，还没找到碘伏。这时手机一响，收到他的信息说二十分钟后带纱布和碘伏过来。我说"真不用，我有"，但没回话。我还是没找到碘伏。门应是坏的，他来了之后我撑着下了三楼去开门，顺势坐在台阶上，他开始替我擦碘伏，先是蹲跪着，然后拖过来一张不知谁放在角落里的小木板凳坐在我斜对面，我的腿搁在他腿上，他小心翼翼，不时抬头看我，擦完膝盖，再擦脚背上的小伤。我当时想：是个挺温柔的人啊。还想：我的小腿皮肤状况还不错，没有冬天时会有的白色的干纹，脚也挺好看的，下午的住宅楼门廊里真安静，既没有没完没了坐在楼底下聊天的老太太，也没有下班回来的人，也没有刺啦刺啦炒菜的声响和气味。等都弄完了，他站起来，我面对他伸出双臂，想要被安慰，结果他让到我侧面，像扶老人那样搀着我的胳膊肘把我搀起来，像前一次一样，怎么回事？害怕抱女人吗？我心想：好吧，也好。逗一时软弱也不好。接着请了能请的五天年假躺在家里，也不觉得可惜，本来也没有旅游的打算。我对旅游没有什么兴趣，终归要回来，只会更显得好日子之虚幻遥远，眼前之暗淡滞重。汽车男送来过水果，挂在我家门上，再发消息告诉我，省得我下楼去开门，我觉得这体贴，不知道他是正好碰到邻居出入，还是等了一会儿，还问要不要给我带什么吃的，我说不用。

我还想，如果去他家吃炖牛肉就不会摔这一跤了，早知道还不如去他家吃炖牛肉。摔一跤，热情退去的我，心露出罅隙，他表现出了温柔，算不算他运气好？但是见面也中止了，我也觉得轻松，因为本来我已经觉得有点没意思了，答应去的博物馆也不太想去，因为自己已经去过好几次。再接下来，雨季就来了，本来也没有一定要约会的关系，自然而然就不再相见。再接下来，我就对他说："好忙呀，要学习，没时间玩了。"他也没问我学习什么，大概觉得这个理由听上去随便得没话说，或以他的正面接受了我是一名志在不断充实自己的上进女性，其实不是的。工作的地方确实多出来一个人人要参加的思想学习班，想在培训之前辞职，就只剩下一个月找新的工作——正好年假也用掉了，顿时感到心情沉重，时间紧张，全然不想再花在跟人坐在麦当劳玩一晚上掌机游戏这种事上。找来找去，还去了一个地方试工，工作是为海外留学和移民的中介公司写新闻稿，他们一年要做两百多场活动。完全不爱工作的人，做着两份工作，要对那里的领导讲自己对工作的感受真是好难，只好说："蛮有意思的……"最后还是如期开始了有"学习"的生活，听感觉是蠢货的家伙讲一些莫名其妙的事：某某某见某某某为什么要戴紫色领带，结合着同名电视剧的自己的前半生，等等。学习完之后我真是身心俱疲，灰头土脸，只想趴到家里床上，看手机，或是听综艺节目里的人叽里呱啦讲一些莫名其妙的事，迟迟难以去洗澡。综艺节目也越来越少了，全是莫名其妙的状况。赶上这样的事，这样的时局，这种学习班，也算他运气不好。

有时会想，别的上班族到底是怎么谈恋爱的啊？工作和通勤以外，还拿得出约会的时间和精力吗？会不会有人是因为觉得要跑出来见面太累所以就住到一起，不用费劲也能相聚呢？有的吧。可是如果见面觉得累，是不是不见也可以呢？不是十分想念、会令全身心都振奋起来的人才应该去见吗？也不知道别人是喜欢到什么程度才结婚的。在各式各样的时代里，人有各式各样在一起的缘由，也有人是单靠运气就在一起的。

现在一个包能装下的家当里，那条新睡裙是我曾有一天浮想联翩时买的，白色，像件长的T恤，看起来完全没有居心似的，能看出居心的就是我买了新睡裙这一举动，不过别人也不知道这是我新买的。只是过了几天我又觉得多一事不如少一事，没什么意思，不要没事找事。

你不能谴责我这种"有点喜欢"。虽然时有时无,轻薄而微渺,可也是真诚的。你不能要求每个人每次喜欢都是十分喜欢,况且,每个人的"十分"也有天差地别。

真的有"聊胜于无"这种事吗?

那天去看日出,结果多云,并没有看到日出。天越来越亮,天边的云不断冒着蒸气,表明太阳就在那后面,徐徐上升。他像搞砸了事情似的,有点尴尬,又拿出保温杯,给我喝热水。我倒无所谓,我手机上的天气预报早就说今天多云,只能说他看的天气预报不准。我看到是多云,也没有对计划提出异议,因为我其实不大在意日不日出,只是觉得天黑咕隆咚的时候骑自行车去江边有点好玩,就像有人只是想夜里去爬泰山,找个看日出的由头。但我也想,假使真的红彤彤的太阳流着岩浆似的从眼前开阔的江面上升起,会在我心里激起怎样的情绪?我们会有与看着太阳从半空中隐隐露面时不同的表现吗?关系会有所不同吗?不过这一切既然没有发生,也就无从想象,假想没有意义。

我将他置之不理的两个多月里,他每天给我支付宝里的树浇三次水。

接着他的最后一句话"检查结果怎么样?"直接说:"我家里着火啦!""啊!"草草讲述了一通。"那你现在住哪里呢?""另外租的。"我说。"要不你请我吃炖牛肉吧。"我又说。"好啊!"一股大喜过望扑面而来,这个人就是这样,总是那么踊跃振奋,像学校组织去离学校一公里的公园春游也会兴高采烈的男同学。我想起有天我在约定的路口的斜对面,看见他急匆匆骑着自行车无比显眼地闯红灯穿过空空的大路口去与我相见,骑车骑得满脸通红,满头大汗,我觉得有一点儿傻。会鄙夷这样的热忱,是为什么呢?我为鄙夷别人热忱的自己也羞愧了一下。

约定吃炖牛肉的那天风和日丽,他骑车将到路口,灯就转了绿,他和许多个在这一带上班的程序员们一起骑车过来——既不逊色于他们,也好得极不明显——他们像一群帆板乘风漂来,他具有在希望渺茫的人生中兴高采烈的亮点,是在我家附近的公园看到亭子也会为可以在那里打牌而高兴的人。牛肉已经买好了,只要再去买点蔬菜。我们去买菜,随后去他家。他家很整洁。接着他做饭。真的没什么好说的,因为他就是做饭,很熟练。我站在旁边跟他聊天,也是不值一提的对话,像之前一样,他好像没话说,而我也不想说什么，当然并没有保持沉默，随便说着没有意义的话，最近看的电视剧和综艺节目，我看着他的脖子和肩膀，又开始感到无聊。这时锅子里的牛肉开始散发香味。真香啊，我说。平平常常地吃完，他没说出任何话来，当然也没有保持沉默，都是没意义的话。我觉得也挺好，如释重负，我看着他在水池边洗锅洗碗，如释重负，带着吃饱了的困倦，我感到休息了一下，我想，休息一下挺好的，就保持了沉默。

(2017.10)

音乐节

小何约我看音乐节。在这之前,小何约我看过好几次电影,特地抢票的电影节的电影,有导演和次要演员出来站一站的首映式(他为此挺兴奋的),一场话剧(这次我忍不住让他别再在话剧演出上浪费钱了。"太贵了,等有好看的我告诉你。"我说。我曾经每周看两场赠票话剧),去过自然博物馆(我曾经有一个男朋友在那里工作)和一个古镇。我们一起吃过不少饭,吃得都很简洁,每一顿都是一个人也可以吃的食物,"那为什么还要两个人来吃呢?"我有时会想。我上一个约会过几次的人喜欢吃得好一点,也很会点菜,和他一起吃饭可以吃到自己平时吃不到的东西,我会跟他平摊账单。和小何吃饭我都让他买。不过小何做饭挺好吃的,我吃过一次,他喜欢做饭,这也许是他不乐意把钱花在别人做的饭上的原因,就像有些作者一般不买当代同行的书一样。他的收入应该还可以，因为比我小好多岁，不是本地人，房子是买的。

"你喜欢音乐节吧？"小何说，"你去过音乐节吗？你一定去过吧！"

"呃，没有呀，我没去过音乐节。"我说。

"那去音乐节吧！我也没去过呢！"真是朝气蓬勃。

"好呀。"

他觉得我会喜欢音乐节，因为我是一个文艺女性，我本人就是一支民谣。"可是你误会了，"想对他说，"其实我是重金属哦！"或者说："我有三个文身哦！"但这并没有什么好说。假使有机会见到，就会见到，小何离见到它们非常非常遥远。重金属什么的不过是说说，我不是重金属，只是肯定不是他以为的那种民谣。"我睡过一个主唱，还有一个贝斯……"听到音乐节，会想到的还有这个。但这样的坦白也不会说的，也不是什么好夸耀的事。当年五道口躁动的人群里，有几个姑娘没睡过乐手？我不知道。我随和地躁动一会儿，就平静下来。

我认识过一些乐手。他们去不热闹的啤酒节演出，根本没有观众，吃饱了饭的市民置若罔闻地信步蹓过十分小的舞台，牵头的人给我们——寂寂无名的乐队和寂寂无名的作家也就是我——在高层小区里搞了个三室一厅住着，那时候阳光和风好得要命，啤酒和海鲜都很便宜，我们敞开肚皮吃喝，没有许多忧虑。他们中比较有钱的人在通州买了四百块一平米的房子，没钱装修，在毛坯房里弹琴，厕所没门，也敞开着，夜里花八十块钱打黑车进城看你，你就感到是爱。没钱的人住在西北郊，就像我的远房表哥，他每天都想当一名鼓手，后来当上了一名麋鹿饲养员。他们在隆福寺开文身店，开在别的乐队朋友的文身店边上，出唱片，后来还出，歌越来越差。"真肤浅空洞啊。"让人这样想，不知道是经过这些年终于变成了肤浅空洞的人，还是本来就肤浅，可本来大概不至于空洞吧。

这些年发生了什么？

一言难尽，恍如隔世。

眼下我站在举办音乐节的公园门口等小何，周围有很多用心打扮的人，有的很漂亮，有的还好，不管是很漂亮的、还好的，还是不怎么打扮的，都让我心情蛮好，只是有点儿懊恼我穿的鞋底太薄，因为小何不高，脚底紧贴着地面使我感到底气不足。小何大概还是会穿马球衫来吧。小何有次跟我说要去买衣服，我说去哪儿买，他说："国际时尚中心。"我问那是在哪，他说杨浦区，我问为什么要从浦东去那儿买，他说只知道那一个地方，每次都去那儿买。我想有空去杨浦区的"国际时尚中心"看看，但也没有很想，就一直没去。

有一大群小姑娘在最前面等着进场，一看就是歌迷团体，不知道追的是谁，我多半不认识，过了一会儿先放行了，她们就哗的一下尖叫着朝公园里跑去，脚步声啪嗒啪嗒响。"唷！"旁边人说。

小何来了，穿着马球衫，错过了奔腾的少女。因为每天跑步和自己做饭吃的缘故，小何的身体状况看上去很好，很精神，大概他们高级技术人员界有种严于律己的风尚。我们跟着人群往里走，检了票之后往里走了一大段路又碰到了安检，小何把包里的水杯拿出来倒光了水。

里面卖的水十块钱一小杯，啤酒七十块一杯。我们暂时不用喝。

"很早很早以前的音乐节都不要门票。"我忍不住说，说了又觉得我的口气像老人家。

"是吗？"小何说，"那你去了吗？"

"没有，不好意思去。"我说。

"为什么不好意思呀？"

"大概是怕旁边的人都很热烈，我没那么热烈，大概是这样，反正没有很想去。我有个表哥去了。"

"后来呢？"

"后来他去养麋鹿了。"

"啊？"

"嗯，在麋鹿园工作，我很多很多很多年没见过他了。"想起我还有好几个表哥，分布在各地，都很多很多年没见过了，有的可能这辈子也不会见了。

大约十年前，音乐节成了我在会计师事务所做管理咨询的小朋友也兴致勃勃要去参加的活动，我就更不想去了。不过现在我不在乎这些了。如果不是变成会计师事务所的小朋友也想去的活动，今天小何也不会来音乐节。那位小朋友后来又去了银行，接着去了证券。"都是夕阳行业，"他说，"证券比之前的工作好一些，不过今年也不行。"应该还是有钱。音乐节是要他们去的，不能老是穷人唱穷人看，没前途。何况现在生活越来越不容易了。

演出分三个场地，小何问我去哪儿看。我说都可以啊，我都不知道有谁。卖CD的人越来越少之后，我听的音乐也变少了。他说他也不知道。我们就先去最近的那个舞台。刚好是少女歌迷团们守着的舞台，人很多，我们只能站在挺远的地方，出来一个偶像男团，唱跳了大概半小时，结束以后，大群歌迷们就都从前面撤出来，走了，别的都不看了。人顿时少了一半，下一场好像是个没人气的歌手，小何用手机查了一下节目单，说了个名字，我也不知道是谁，于是我们去别处看看。

在西面的舞台看到了很精彩的钢琴和木箱鼓的爵士乐演出，看得我很高兴，蹦蹦跳跳，小何站着没动。今年我去过一次观众不能站起来的摇滚音乐会，如果站起来保安就会过来制止，大家都牢牢坐在绒套椅子上，我不太适应。我问小何喝不喝啤酒，因为我想喝，他说不喝，因为他酒精过敏，其实我知道，就是问一声。我自己买了一杯，好喝，贵。应该比在黄山上吃方便面还要开心一点，我想。别人觉得贵吗？你们都在开怀畅饮吗？大家看上去都轻松快乐，到底有多少人在忍饥挨饿，多少人在忍痛吃喝。"先只管开心再说"，"总的来说是开心的"，"还是有开心的时候"，生活是不是就是这样。买不起醉，只好意思意思。我喝完一杯，还想喝一杯，想想算了，一个人喝两杯也没什么意思，也不会更开心，只会想去厕所，厕所大概要排队又很脏。简直有点想抽烟。在山顶上，大河边，我就会想，啊，来口烟吧！但我不抽烟，烟平时不好抽，我没烟，而且整个公园都是禁烟的。

又过了一会儿小何说他没吃午饭，饿了，我也没吃午饭，但我喝了啤酒，不太饿。我们跑去看吃的，也没什么好看,像那种社区美食节一样,一群人不知从哪儿来,平时在哪儿,带着他们的铁板、烤架和招牌忽然出现,拼搭起简易摊位,卖两天就走,仿佛餐饮界的游牧者,卖的东西从来也不好吃,总是那些,都不值得吃,素质还比不上我喝的啤酒。可惜小何饿了,看了一圈,选了盐酥鸡,边吃边问我吃不吃,我说不吃,我看三十五块钱只有很小一包,没多少,估计小何根本不够吃,他买这样不值的食物,心会痛吧。但我后来还是拿了一小块,因为再差劲的盐酥鸡还是有点香,结果只吃到了硬的面粉壳,没吃到什么鸡肉,这一下拿得不值。小何去了一次厕所,跟我说厕所没人排队,还挺干净的。我想,他们把东西卖这么贵,厚利少销,厕所不会脏,也不会有人在草地上呕吐,也不会有人发酒疯,划得来,他们一定计算过了。我们又买了两杯香精色素冲出来的果汁喝,我觉得一杯也就值三块钱,实际上一杯三十块钱。我脑子里都是东南亚物价,和上海物价差五倍,和音乐节物价差十倍。嫌东西贵的我,会不会变得像我爸爸,他喜欢说他大学时一个月饭钱十块五毛,国家又给大学生们补贴了三块钱,十三块五一个月,能吃到地道的鲥鱼。

天气宜人,晴朗而凉爽,开场时的阳光比较热烈,后来就飘来一大片阴云,抖下零星几滴雨,我刚忧虑起"要和小何共撑一把伞吗""撑伞惹人嫌""决定就淋着",云便被近海的风吹散,露出下午的金色阳光洒在绿草地上。还是能见到好看的人、心里年轻的人、活泼的人。我们转了两个场地,公园很大,场地之间的路挺长的,我觉得跟小何快没话说了,因为一直以来都靠我在说,而我说的都是以前的事,似乎我只有以前可以说说,到后来就没了,这些年再也没什么可说的了,一切都过去了,现在只有乏味的生活;小何呢,好像一生都没什么可说的,我试过让他说点什么,可他什么也说不出来。也许不能怪那谁写的歌词肤浅空洞,这些年是不是大家都没什么可说的,我忍不住想。幸好有嘻哈音乐,听到东边传来嘣嘣嘣的嘻哈音乐,我就想往那儿走,也不那么在乎没话说了。"我发现我最爱的是黑泡泡,"我说,"对摇滚、古典的喜欢可能都没这么真诚。""是吗?"小何说。但我已经发现了,小何是不喜欢音乐的,除了一个叫《瑞克和莫蒂》的动画片,我不知道他还喜欢什么,不过这个动画片还不赖。小何问我要不要去东边,我怀疑东边会有很多冒傻气的人,喜欢嘻哈的有很多冒傻气的人,我不要跟他们站在一起,我也要小心,把我的傻气藏好一点。于是我说还是听摇滚。

这样一来我就突然看见了某某。某某在舞台上,离得有点远，台下人不算多，我站在外圈也没太远，他的歌迷不多，令我欣慰，如果很多，我们就会更远。从前他在比这小的台上，站最前面听，脸就会差不多对着他的档部，让人难为情，我不会站在那儿，因为我不是歌迷，我还有点儿瞧不上他的歌。他也曾从我胯下游过，当时他住处的附近野地里竟然有一片很干净的水，我们在那儿游泳，他潜下去，再用肩膀把我架出水面，他的肩膀闪闪发光，像只淡水海豹，我们两个人都闪闪发光，一时间没有什么重量，岸上野草丰茂。有时我一个人在那儿游泳，他在岸边弹琴，或去了别的地方——找门路，我估摸着，去找别的乐队交流交流。有一次我听说，或是找别的姑娘，我寻思，干脆找个有门路的姑娘，我听说他们有人有有钱的女朋友，我也从来没问过他什么问题。我郁闷的时候就卖力游泳，游得太多了，上岸轻飘飘软绵绵的，像年轻的鬼学人走路，又像纵欲过度。有时我停在水里，悬着。我想着这里不会能一直游下去，很快会有人来收拾这块荒地，也许水会变脏，但最迫切的是到了九月水就凉了，那时是八月，还很热。有一天我在那儿游啊游，忽然感到灰心丧气。我觉得我在北京待得有点莫名其妙。我从水里爬出来，在湿的泳衣外面套上连衣裙——平时也这样——淌着水往西走，因为我稀里糊涂，也不在乎走路。我往西走了好一阵子，走在往市里去的路上，到了有很多车的公共汽车站，那时我已经干了，坐上一辆开到崇文门，下来有车坐，但我还是走路，再往外走，走回我夕照寺的家，休息了一会儿，然后买了一张回上海的火车票。那时的火车票是怎么买的，是不是在网上买的，我已经忘记了，可能我又去了一次火车站。我住得离火车站不远，出站会找不着出租车，司机都不乐意走。

"这个人我认识。"我对小何说。小何问我他叫什么，然后用手机搜了搜。他没有很红，没排在晚上，天还亮着，我没有沉没进黑暗里，他还有一点儿可能看见我，或者穿马球衫的小何。可我不确定他记得我。也许是个健忘的人呢，毕竟写的歌也没有很好。他在唱什么啊？听也听不清。

当年贫穷的我竟然住在北京二环内，精装修高层电梯花园小区一室户，十九平米，窗大，视野开阔，不觉得逼仄，月租一千块。一千块，如梦似幻，晚上没钱坐出租车，就走路回家。有次晚上我所有钱只剩一张一百块，坐出租车回家，手里抓着找来的零钱关车门，结果钱全飞了出去，被大风卷到空中，掉进树丛和围墙里，四下黑咕隆咚，我一张也没找到。来自乐山的朋友住在我同一个小区的地下室里，床边堆满拉丁美洲小说，没有工作，晚上来我家上网、洗澡，时不时还去海滨城市看他的小女朋友，有时候我谎称不在家，他就去另一个朋友家洗澡，洗好走路回来又出一身汗。本来认为现在肯定比以前有钱，想想也不绝对，以前有以前的宽裕。闪闪发光，漂游终日，令我怅惘。我最终也没进入一种生活。

"步入正轨。"乐山朋友那会儿老爱说。我离开北京后不久，他也回了乐山。乐山有澡洗。问他在干什么，他坦然说："啃老。"

某某换了一首歌。他现在有点肚子，我没有。要不要等下找他叙个旧？我不确定有什么旧好叙。问问以前乐队里的其他人？他们是怎样一一从北京撤退的？你是怎么留下来的？听起来像质疑一名幸存者——你把他们抛弃了吗？你把他们吃掉了吗？我想想这也没什么好问。我记得有天我发高烧，他带我去社区医院输液，八十几块钱是他掏的，这就是我们的交情，也就这样。我们不曾建立起紧密的关系，友谊并不深厚，快乐真诚而短暂。

突然，身边的小何高喊起某某的名字，他一脸兴奋，为他学着参与到音乐节里去，他叫了一声，又叫了一声。有那么一瞬间我觉得某某看见我了，看见了但没任何反应，目光就像水里滑过腿脚的什么东西，我第一反应是惊慌地甩开，接着就回想辨认猜那是什么，然后觉得他应该没看见我。夜色就在这时降下来。没想到夏天的天黑得这么快，不像印象里以为的夏天。我不动声色地站了一会儿。直到某某唱着唱着唱完。那是小何今天最努力投入的一刻。

"哎。"我说。

"怎么啦？"小何问。

"你觉得好听吗？"

"我不懂啊，"小何说，"你觉得呢？"

"还可以吧。"我说，"天黑得好快啊，怎么这么快。"

又看了一会儿。"再去吃点东西吧！"小何说。

我们又走上黑乎乎的公园路，半路上看见后台出来的人在搬运器材。往来的人脸都很快看不清了。只有小虫子兜着脸飞。

到了靠近公园门方向的餐饮区，我想起又是那些东西，决定不吃了，也不想跟小何一起去看，大家在那堆东西面前犹豫不决，显得有点可怜，不喜欢那样子。好像可以选择，但每个选项都是被迫接受，这可真糟。即使已经妥协了也会吃到硬面粉壳，我记住了教训。"宁可饿死。"我想。我看见有个人在旁边抽烟，对小何说："你去买吧，我不过去了，我在这儿等你。"

小何就又一头扎进橙黄色的灯光和油烟中。我去问那个人:"能不能给我根烟?"

那个人掏出烟和火给我点上,我抽了一口,头就有点晕。我俩站在半明半暗的路边抽烟,小何拿着炸鸡和两杯水过来,看见我,说:"嗬,你还抽烟哪?"我似乎看见他心里想退半步,又站住了,只上身晃了晃。我笑笑也没解释。

给我烟的人对小何说:"你好。"小何也说:"你好。"

小何说:"还回去看吗?还是在这儿吃?"

我说:"看吧。"问给我烟的人:"你去看吗?"

他说:"我在这儿等人,你们去看吧。"

我和小何刚起脚往里走,过来一个保安,说不能抽烟,让把烟灭了。我把烟灭了。还有一个保安朝给我烟的人那儿去。我回头看,给我的烟的人想要逃,于是两三个保安开始捉他,他左躲右闪、绕着弯跑,烟的橘红色火光确实在黑暗的公园路上很显眼,像他手里牵着个着火的蛾子。最后他落网了。

回到中央舞台时,人又围了很多,压轴的日本摇滚乐队来了,这是今天我唯一认识的乐队,歌我都听过,主唱五十多岁,化着浓妆,还很有气力,看着开心。听到一半小何问我要不要去坐地铁,因为晚了怕没地铁，或地铁很挤。坐出租回去很远很贵。我稍微迟疑了一下说好，于是我们转身走出了人群。

（2018.10）

敬老卡

二〇一六年六月二十三日早上四点半，顾存兴起床，给自己和沈海英煮了玉米粥，烧的是柴。他喜欢在碗底先放一勺白砂糖，再盛进去粥慢慢搅开。他吃东西挺慢的，出门的时候，沈海英也起来了，她吃粥不喜欢放糖，喜欢配酱瓜。

早上五点三十四分，他骑了四公里自行车从村子里到地铁申江路站，坐上了往西开的头班地铁。"嘀，"进站闸机说，"老人卡。"像讲给周围人听：请看这个人老不老。不过周围没人，安检人员也不见踪影。

顾存兴属羊，到年尾满实足七十三岁，看起来也是实足的老人——不像有的人七十岁染了头发看不出年纪，他白头发理得很短很精神，是去外面每周三为七十岁以上的人免费理发的发廊理的，瘦瘦的，两颊凹陷出两道深沟，形成一副笑嘻嘻的表情，牙齿缺了，眼睛又大又亮，眼皮很薄，透着红色，像那种美丽的猴子。

顾存兴没有手机，也不看书，就靠着看陆陆续续进到车厢里的人，也不觉得无聊。穿着干干净净的衬衫，坐了两个小时，三辆地铁，一直坐到花桥站，从东面到西面，这一路大约有五十五公里。

花桥地铁站出来的一个公共汽车站上有两路公共汽车可以坐，等昆山151路的队伍排得长出了护栏，等游7路的人少，因为五分钟前开走一辆，那是去周庄的，顾存兴坐过两次，他觉得昆山151路会比较快来，就排在长的队后面。等车的全是老年人，都穿着运动鞋，背着包，戴着帽子，都是出去玩的，有男有女，女的还要戴墨镜。和男的一起出来的女的比较安静，女的结伴则叽叽喳喳，自在快活得惊人，就像跟男的在一起的时候有一部分被压抑住了似的，现在生命力都释放出来了。老人们兴高采烈，无忧无虑，气力充沛，令人惊奇，就像一辈子都没有忧愁萎靡过一样。也许忧愁萎靡、心事重重的人在老以前便会死去，假使有幸活了下来，就会为自己的幸运而开怀，加入兴高采烈的行列。过了一会儿昆山151路来了，顾存兴跟着队伍上了车，上海的老人卡不能用了，但公交卡可以用，用公交卡坐车还可以打六折，先坐一辆三块钱的,变成一块八,再坐一辆一块钱的,变成六角,两块四毛钱就可以到苏州,他以前就是这样坐的。车上已经没位子坐了,他就靠在司机后面凸出来的那一块上,看了看手腕上的电子表,掏出一个硬皮小本子记了一笔,写完以后看见站在对面的人,也是一个老头,前天也在这辆车上见过。这已经是第三次看见他了。他觉得好巧,对方也正好看过来,两个人就都笑了,说"又看到你了","是的呀巧吗你说"。那个人问:"你去啥地方?"顾存兴说:"我不去啥地方,我么瞎玩的呀,乘到啥地方就去啥地方。"那个人说:"你陆巷古村去过吗?"顾存兴说:"没呀。"那个人说:"那你跟我去玩吧,我带你去。"顾存兴说:"好的呀。"又说:"哪能介巧。"那个人说:"是的呀。"又说:"你一个人啊。"顾存兴说:"我欢喜一个人玩,一个人方便。"那个人说:"是的呀。不过一道玩也蛮好玩的。"顾存兴说:"是的,前两天我还和两个人去了一趟虎丘,看到苏东坡的字,写:'到苏州不游虎丘乃憾事也'。"那个人说:"和你朋友啊?"顾存兴说:"不是的,不认识的,也是路上碰到的,在甪直碰到的。"那个人说:"从甪直再跑到苏州去啊?那兜远路啦!"顾存兴说:"我瞎玩呀,碰到了讲去苏州,就去呀,反正我甪直也玩过了。"那个人说:"今天我们去东山，蛮远的。"顾存兴说："好的呀，反正没去过。"那个人说："那边有个古村。"顾存兴说："你去过啦？"那个人说："去过的呀。"顾存兴说："好玩不啦？"那个人笑起来，说："古村古镇么，都差不多的，好玩也无啥好玩。"顾存兴也笑了："是都差不多的。古镇我也去过许多了。周庄、同里、千灯、锦溪。"那个人说："出去玩么就是去古镇呀。"顾存兴说："是呀。"两人都开开心心的，并不因古村镇"无啥好玩"而减兴致。

"我喜欢兜着玩。"过了一会儿顾存兴又说。那个人就问他是不是都是一个人去的。顾存兴说不是，也跟别人一起去过，比如村里的人，"有两个人，比我晚好几年参军的，我六三年当兵，他们七〇年，爬一点点山就都汗淌淌滴，我仍旧笃笃定定，一点也没啥。后来他们讲我年纪大了不带我去了，七十岁以上不好去了。"那些九十八块团费还送五斤猕猴桃的一日游，两百块三天两夜去张家港的旅游团，还有免费去海宁皮革城的车子，老年人在你看不见的地方获得和传递这种信息，有人会发给他们 A5 大小的粉红招贴纸，上面印着："崇明岛'银龄'休闲观赏一日行。"底下还有一行："招募'银龄'志愿人员，年龄四十五岁到七十岁，身体健康，有责任心，发挥余热做贡献，享受志愿者各项补贴。"四十五岁的人，谁想跟七十岁的人划进一个年龄组里？七十岁以上，又算什么龄呢？嘿，你一到了四十五岁，就会被人当成应该是有钱又好骗的人了。你四十五到七十岁了，怎么会还是个穷鬼呢？他们用那种惊奇、轻蔑、怜悯的眼神看着你，就像他们到了四十五岁时不会发现自己还是穷鬼似的。可是如果一个人有钱，他会参加这种便宜的旅游团吗？也许会的，因为他生性节俭，不舍得享乐，想跟大家热热闹闹在一起，愿意听人安排，最后也许也会因为单纯的心被打动了而花出积蓄，自己的这份武勇还继续打动着自己，心因而嗡嗡震颤不已。然而顾存兴，还有沈海英，还有他们认识的那些老人，并不觉得这是个圈套，就是旅游团。"不买没什么的，我从来不买，不会对你怎么样，"顾存兴说，"也有人买，四十个人里十六七个买了四千九百八十块的东西，说是能治这个病那个病。我身体那么好不需要。"那些推销宣讲他不会听进去，也不在意，去海宁皮革城旅游也是旅游。不过现在那些跟顾存兴没关系了。他们计算过了，总的来说七十岁以上的人无利可图。"我身体很好的，从来没生过毛病，没吃过药，没去过医院。"顾存兴不太服气。

他的身体真的像他说的那么好。他总是在自留地和自己家园子里做事，他喜欢做事，耕种、收拾、搭瓜架子、拆瓜架子、修篱笆、锯树枝，这里弄弄，那里弄弄。他在小河边搭的堤坝任谁看了都会啧啧夸赞说是个大工程，他家菜畦间的小径上铺着带植绒花纹地毯，谁也没见过这么考究的田，他把广口瓶套在竹桩子顶上，不让雨落进去可以烂得慢一点，等到了冬天就用泡沫展板把院子里太阳最好的一块地的东北边围起来挡住风，和沈海英一起坐着晒太阳。铺在田里的地毯啊，在小池塘边砌了一圈的长方形大石块啊，铺菜园小径的大理石板啊，家门口巨大的瓷花缸啊，石棉瓦、广告防水布、带铝箔的保温棉、呼啦圈，他用在土地上的东西全都是他捡来的，从这么多年周围陆陆续续拆迁的村庄和工厂企业捡的，有些东西那么大那么沉，你简直不知道他是怎么自己一个人把它弄回家的。"用自行车，"他说，"人家看见我，都说'嚯哟！'"橱柜、桌椅、床架都是木头，木头多得用也用不完。虽然都是捡来的东西，可是他的小园子是全村最漂亮的园子，一年到头，东西轮番长出来，长得欢欢腾腾，各种花在作物旁开个不停，连院墙外的海桐都修剪成了分三层的宝塔形。不过现在似乎没人欣赏这个了，别人更喜欢在自己的地上盖简陋的房子，然后租给外地人。顾存兴是从社办工厂退休以后才开始种地的,他出生在上海,当了六年兵,是神枪手、特等射手、投弹能手、五好战士,但成分不好——"小土地出租"——家里有七亩地租给别人,提拔不上去,退伍去了社办工厂,开机床,给上海的大工厂做阀门,做了许多年,最后不算工人也不算农民,退休金比镇保的人还要少,只有两千多块。他和沈海英都不想盖房子。他吃菜只吃顶上一点嫩叶,不吃隔夜菜,他和沈海英也不用冰箱。他去逛超市,看见那里的菜"价钱邪大,而且老得全都是要丢掉的"。猫在菜地上玩,踩菜,刨地,沈海英要赶,他说:"让它们玩,有那么多菜,有什么关系。"他还能转呼啦圈呢,直径八十厘米、重两斤半的呼啦圈,他能转个不停,那是日日劳动锻炼出来的腰杆,瘦瘦的但很强韧。人们应该叫他"勤劳能干的顾存兴",他和那些整天坐着什么事也不干的人不一样。上个月二十一日他还在他的小本子上写了一句:"拉河泥。他们说要开发了,我还在拉。"二十二日又记了一句:"拉河泥。"

那个人问:"你家在哪里?""浦东曹路。"他说。"我住在江湾,五角场那边。"那个人自己说。顾存兴说他十九岁时在江湾参加过两个月拖拉机训练班。那个人又问顾存兴有没有小孩,他自己有个女儿,大学毕业以后就去了日本,在日本画动画,顾存兴觉得听上去很厉害，问他："那你去过日本玩吗？"那个人说："没，去起来也蛮麻烦的。"顾存兴就说："哦。"顾存兴说自己有个儿子，四十三岁，没结婚。儿子没有跟他和沈海英住在一起，他每隔一两个礼拜会去给儿子送点小菜过去。"我女儿也没结婚。"那个人说，但好像不能很肯定似的。

在小孩身上寄托什么，还不如在体育比赛上能寄托的更多。顾存兴喜欢看体育比赛转播，每周从订的广播电视报上圈出比赛时间，像二十年前的人一样。半夜里的也看。他看乒乓球、羽毛球、排球、游泳，要有中国队的、中国队可能赢的。所以他不看足球，这段时间的欧洲杯并没有影响他的休息。他告诉他的同伴，上个月他在昆山见到了世界羽毛球比赛的冠军，"在卖纪念品，签名，我看见她了，那个女的世界冠军，纪念品都很贵，我就买了个小东西，一张贴了羽毛球比赛邮票的明信片"。再上个月，常昊在同里跟人下围棋，他也知道的。通过关心体育比赛得到的信息，让他感觉对这些地方更熟悉了一点。

但是他的同伴不怎么看体育比赛，他平时的兴趣是坐四十分钟公共汽车到鲁迅公园里听人吹牛皮。"不一样，鲁迅公园里人多，有那么多人听，水平也要提高，有两个人讲新闻时事，懂得蛮多的，我们那边公园就那几个人，讲来讲去水平也不会进步。前几天还来了两辆那种公园里的小的消防车,就一直停在旁边,顶上的灯呜啊呜啊转着,后来他们就到鲁迅墓后面的山上去讲,车子上不了山。"他对顾存兴说,有机会该去鲁迅公园看看,里面的老年人比一般公园多五十倍,唱歌的、跳舞的、吹牛的、锻炼的,干什么的都有,像夜总会一样热闹,但是一大早就开门。"有一个老太婆,也一天到晚挤在老头堆里,专门往老头子身上挤,你说滑稽吗?我是好好听人家讲话的,谁要理这种痴头怪脑的老太婆呢,没人理她。"

昆山151路坐了差不多一个小时,坐到南港汽车站,这是终点站,车上的人全下来了,刚巧赶上要坐的下一辆车,原来坐同一辆车的人也都一起乘上去。顾存兴他们坐了短短的六站就下车了,就跟其他那些从花桥来的人分开了。接着又换了两辆车,每辆坐了半小时左右。"平常这样已经到苏州啦。"顾存兴想。

那个人说:"然后我们要坐一辆长的。你早饭吃饱了吗?"顾存兴说:"吃饱啦,我还带了点心。"

随后他们就坐上了62路。上车时没有座位,过了两站就有了。坐下以后,他的同伴说"肚皮饿来",从包里掏出沙琪玛和花生牛轧糖,顾存兴就也拿出桃酥饼,还有早上自己家里摘的黄瓜,黄瓜又鲜又嫩,还带着毛刺,两个人分着吃了。吃好以后那个人就打起了瞌眬。顾存兴看了看他的头发，染得漆黑，不大自然。

62路长得出奇，一共坐了五十五站路，坐了一个半小时，总比分三比一的一场排球比赛都打完了，沿途也没什么好看。说要带他去东山的人，丢下他独自堕入梦乡，突然得犹如堕下悬崖，顾存兴想：要在哪里下车呀？会不会坐过站呀？他站起来走到前面看了看车厢上方的站牌，最后几站站名里才出现了"东山"两个字，又回去坐好，如果他的同伴一直不醒来就坐到底好了，他想。他安安静静地坐着，心里也安安静静，没有那么多事，没有活动，没有声音，像他一个人坐地铁的时候一样。大队干部过年分给别人四袋米四桶油、只给他两袋米两桶油的时候他也不说什么，心里也没有抱怨的话。别人看见他家菜长得好就一脚一脚踩过去，他也没什么，菜过两天又长起来了。人们应该叫他"心平气和的顾存兴"，他和那些心急火燎的人不一样。他现在不晕车了。前年开年里沈海英早上四点起来上厕所，鞋子没踩好，在楼梯上摔跤，从楼梯最上面一阶一直摔到最下面，撑断了手臂，腿也肿了起来，顾存兴骑十四公里自行车带她去川沙的人民医院，接下来的日子他坐车去医院的时候会晕车不舒服，就还是骑自行车，每天骑两个半小时来回。现在车坐多了就不晕了。

那个人在快到站时醒了,顾存兴有点惊奇,那个人说他一直有这个本事,从没坐过站,快到站的时候就会醒来,陌生的线路也完全没关系。也许这是常年搭乘公共交通车辆的人有机会掌握的本事。他们没坐到底,在名叫"桥头"的站下了,在原地等627路。那个人对顾存兴说:"还有最后一辆,很快就到了,而且不会再坐这么长了。"就算他不那么说,顾存兴也不会到了这里就折返回去的。

这里像一个"镇",有个女人挑着扁担到了车站上,把担子放到地上等着,接着又来了两个带着农具的人,像浦东的乡下人一样,像顾存兴他们村里的人在等班车,到镇上去买东西,买种子,买化肥,买一双鞋子,现在他们要坐这个车从镇上回家去。车快来的时候,车站上又来了一群老年人。你看得出来,他们家离得不远,他们知道要去哪儿,这里是他们赤手空拳都能应付的地方。

车上有很多老年人,随后两站又上来好些老年人,老年人把车厢站得满满的,他们看上去全都兴致勃勃,而且彼此认识,打着招呼,讲着顾存兴不能完全听懂的方言。顾存兴被感染了,也高兴起来,就像小孩看到了别的小孩。"世界上还有这么多小孩!""世界上还有这么多老人!"像活到了七十岁的胜利者俱乐部成员之间的相互庆祝。年轻人和中年人可不会因为仅仅是遇见了同龄人而高兴,"世界上有那么多中年人!"——哦,令人沮丧。他们从"东山人民医院西"站上来,从"东山邮政支局"上来,他们去看病拿药或是领退休金,然后在"建国村""王家泾""星光村"和"金塔河"下去。他们看上去身体都不错,没有什么要紧的病,顾存兴替他们感到高兴,他觉得跟他们有话说,虽然实际上没有说,但是像说过一样快乐。这里村子真多,还有太湖,所以有一辆这样的公共汽车,顾存兴家那边村子都没了,都开发了,只剩他们一个小村,一点点人,没人管他们要怎么出去,班车今年没有了。两年前村子北面的桥拆掉了,河边的路也被截断了,村子南边修了一条大路,沈海英她们还以为大路修好了会通公共汽车,太天真了,没有公共汽车,班车也停了。你可以自己开汽车,或者骑车。沈海英没有汽车,自己也不会骑车,叫顾存兴开电动车带她去买宽紧带,被罚了三十块钱,于是她愈加不喜欢出门,一年到头每天早中晚在村里转三圈了事。

窗外吹进来清凉的风,四下是山和湖、果园和茶园、白鹭和莼菜、六月和雨沫,顾存兴还没坐够这辆车,他的同伴叫他下车,去看紫金庵。紫金庵山门前有人在卖杨梅,说是今年最后一点杨梅,那个人问他买不买，顾存兴说不要，杨梅酸，那个人就叫他自己进去看，说自己看过了，留在外面等他，看样子想买杨梅。顾存兴就自己进去了，看到庵里有名的罗汉彩塑，没看出什么好。"一帮老头子，"他想，"不知道他们是怎么变成罗汉的。"他又想，佛原来是人，后来成了佛，那罗汉大概本来也是人。看见有个罗汉笑眯眯地看着膝下一只圆头圆脑的小黄猫，凑近一看牌子上写着"伏虎罗汉"，想："这个虎也太小了。"仍然想："兴许他一直给猫吃东西，对猫好，心好。"

但紫金庵的古树给他留下了深刻的印象。"真厉害啊！"他仰头看那棵千年银杏，这是他见过的第二棵上千年的树，还有一棵在昆山。他看那棵被雷劈过、大难不死的玉兰。他在他的小本子上记下："银杏树，1000年。千年古井。千年黄杨，神树。玉兰，800年，白玉兰嫁接在紫玉兰上。桂花树，600年。"后面还记下了几个从挂在墙上的照片里看到的、到过紫金庵的国家领导人的名字。

顾存兴从紫金庵出来，那个人最后没买杨梅，被雨淋过的杨梅不好。他们又坐上627路，坐了二十几分钟，车停站的时候顾存兴就在小本子上写一写，写了："新涧村""金湾村""槎湾村""大滨村""杨湾""松下村"。写完陆巷古村就到了，门票六十五块，七十岁以上免票。

古村么就是那样,顾存兴知道的,牌楼、窄石板路、小河、小桥、牌坊、店铺挂样式字体全都一模一样的新招牌,不知道谁会觉得好看,卖的东西也差不多,你一看他们都卖一样的东西,就知道他们肯定不会互相买来买去,只有卖给游客。几个古宅院要门票,顾存兴反正免票,一个一个都进去转了一遍,抄下几个堂名、人名、年份,以及"一捆银票5000余两,还人"——一个名人拾金不昧的故事和证物。他的同伴在某个门口又说:"我进去过了,你去看吧。"顾存兴看完出来,左右没看见他,就又变成自己一个人了。他也不觉得奇怪。

他转完陆巷古村出来回到下车的地方,开始准备回去的时候是下午两点四十分。他想了一下来的路上花了大约七个多小时,所以可能回去要十一点了。本来还打算回去吃晚饭的。他平时晚上不出门,和沈海英每天天还亮着的时候就吃好晚饭,七点不到就上床睡觉了。白天天亮,人在外面,心里笃笃定定,天暗下来,就会有点儿焦急。太湖边的天阴阴的,有点儿小麻花雨,他打开刚才在陆巷古村里买的一盒白玉方糕,拿起一块,一口一口仔细地吃了起来,糕里面是豆沙的,他很喜欢吃豆沙,吃完一块又吃了一块。一盒一共有五块，他打算等下再吃一块，留两块带回去给沈海英吃。627路过了好一会儿才来。

他上了627路，问司机："我要去上海，怎么乘车子呀？"司机说："你要去上海么要乘火车呀！"他说："我乘公交车来的呀，乘了六部。"司机说："啊，你还是去坐火车吧！乘公交车太慢啦，回去要来不及的。"教他还是在桥头站下车，换502路，就能坐到火车站。他听了司机的话，还是快点回去比较好。而且有的车到晚上就没有了，如果坐过来的六辆车里有一辆是那样的，就糟糕了，在外面住宿或是地铁没了坐出租车回家是不堪设想的，他从来没花过那种钱——坐出租车什么的，那肯定是一笔大开销，也毫无必要。如果他第二天还想在苏州玩，就回家睡一觉，第二天再去好了。睡一觉精神就全恢复了，一点不碍事。他真的这么干过，连去两天苏州，一点不碍事。502路开过木渎时，他认出了木渎，对回去的路更有把握了，今天去了比木渎远得多的新地方，回来碰见认识的木渎有种想对它夸耀一句的心情："嘿，我到东山去啦。"

五点五十分，他到了苏州火车站，在广场上见到了暮色中的范仲淹铜像，抄了一遍他脚下的话："先天下之忧而忧，后天下之乐而乐。"还有他站在那里的年份：二〇一二。买好了六点四十七分回上海的火车票之后他想给沈海英打个电话,跟她讲一声,免得她在家里担心。他在候车大厅里问人借手机。第一个人面无表情,然后就像没听到一样垂下了头继续看手机。第二个是个女人,她满脸狐疑,摇摇头。第三个人看见顾存兴走过去,没等他开口就连连摆手。顾存兴想,算了。接着有一个男人过来问他有什么事——他是第二个女人的丈夫,顾存兴说晚回去了想给家里打电话,那个人就帮他打了电话,他跟沈海英说了话,谢谢了那个人。这段小插曲没有改变他和沈海英的想法:他们没必要买手机。给谁打呢?接谁打来的电话呢?沈海英想得更具体:要把手机号码去告诉所有认识的人,就够麻烦的了。如果不告诉他们,有手机又有什么用呢?他想买一碗馄饨吃,可是好像来不及了,他就又吃了一块白玉方糕。

九点三刻,顾存兴从地铁站出来骑自行车。村子外三里地,从天主堂到村边,高高架起来的大路上开满双头强光路灯,把路两旁的坡地,坡地上别人种的庄稼,梢头扫着蓝黑色夜空的甜芦粟、野麦子、树林、杨树和什么树,树上的每一片叶子,全都照得清清楚楚,什么也藏不起来。水潭是黑色的,但又显得很清澈,像面镜子,边上镶着一圈金色的茅草,映在水里变成双层的,树林在水里的倒影比树林本身还要分明。

这不是挺奇怪吗？它在白天绝没有那么干净，你看它边上还有垃圾呢，是灯光照成这样的。一百个路灯照着，路上却没有车，空空荡荡，只有顾存兴骑着自行车。这里变得这么亮才没多久。过去这里是村庄和田野，田野上一团漆黑，白鹭隐没，河水也不闪光，蝮蛇飞在草上。顾存兴在改作工厂的教堂里，为上海的工厂生产做电影胶片用的感光乳剂。他的姐姐在从一个村去往另一个村的夜路上被奸杀，这种案子是破不了的。沈海英怕黑，哪里也不去，一辈子就在方圆五百米之内兜圈子。以前的乡下人搬到楼房里去以后，也要骑着电动车回到土地上垦荒。新的河流，笔直笔直，挖掘出来的淤泥在河两岸堆成坡，淤泥下面盖着的是以前乡下人的村庄，楼房里的乡下人去淤泥上种番薯，有人不辞辛劳、想方设法、不计后果地种东西，结果番薯长满了坡地，令人喜悦。坡地上种着东西，一块一块，一排一排，一朵一朵，像土地上的绒绣，是不辞辛劳的人创造出来的美，上面矗立着高压电塔。

　　骑到家门口的时候，他忽然想起好些年前，他们说有个仙人——就是那种号称通灵的人，也是乡下人——有事到村里来，经过他家门口的这条小路，忽然说"伊的姑娘就在脚跟头走来走去"。村里的女人没有告诉沈海英，因为沈海英胆子小，不听任何关于鬼神和死人的事。她们告诉了男人，男人的嘴巴也没有那么严。他把路旁边海桐剪成三层的时候都没想到这件事。她现在还在这里吗？她爱漂亮，穿连衣裙，生于一九七〇年，跟男朋友一起住在上海。他们对他和沈海英说她是跳楼的，但沈海英说她是被人害的。这没有被当成一个案子。一九九四年的时候家里还没有电话，上海遥不可及，他们第二天才知道。如果活到现在，她已经四十六岁了。沈海英现在晒玉米的时候还会戴她留下来的太阳眼镜，因为太阳照在玉米粒上太亮太刺眼了。

顾存兴朝黑乎乎的小路上望了一眼，觉得今天是有点累了，他咕吱咕吱地拉开院门闩，再咕吱咕吱闩回去，然后很快结束了他这一天。

这天，顾存兴一共坐了五十三站地铁、一百九十四站公共汽车，出门逛了一圈。他不会把一天坐了一百九十四站公共汽车当成一个壮举。他是神枪手、特等射手、投弹能手、五好战士，他觉得能被称为英雄的人是董存瑞、黄继光和体育比赛冠军。很多别的老年人也这么干。这么没什么。睡一觉，第二天他就恢复了精神，快到中午时又从地铁申江路站出发去了安亭老街，登了永安塔，看了菩提禅寺，下雨。到六月二十六日老人卡不能再免费乘坐公交车之前的三个星期里,他出去玩了十三天。然后开始拿每个月一百五十块钱的交通补贴。他这一生没去过什么地方,七岁从父亲在上海虹口区存德坊的家搬到川沙县的母亲家,一直生活在乡下。他们口中的上海是另一个地方,不包括乡下在内,交通十分不便,感觉颇为遥远。那里有洋楼、汽车、享用完了的童年、父亲的小老婆和女儿的男朋友。二○一三年十二月,顾存兴满七十岁,拿到了老人卡。没过多久沈海英就摔坏了手脚,康复花了一年多时间,他每天在家里照顾她,做所有事情。二○一五年春夏,他开始用老人卡出门。他用老人卡去了八次苏州,甪直、周庄、千灯、锦溪各去了两次,同里、朱家角去了六七趟,七宝、南翔、泗泾、枫泾什么的更不用说。最后一天他去了东方绿洲,本来又想去同里,可是那天乘车的人人山人海,全在用着老人卡,车太挤了,他没能上去。那天还下雨。六月下了不少雨。后来他说:"我去过许多地方,到处去。"他说得对。

(2019.12)

卖燕子的人

春天里的一天，我听见外面响起一种音乐声，就像垃圾车或雪糕车或洒水车会放的那种音乐，是一支很熟悉的曲子，它好像停在外面了，一直唱着。我就到阳台上去看是什么车，结果也没有看到垃圾车或雪糕车或洒水车，是有一辆小车，像是一个货郎在卖东西。好多邻居在那里，有猫的女人也去了。于是我也下了楼，去看那是什么。

"卖燕子。"一个邻居跟我说。

"啊，买燕子干什么啊？"我问。

"吃蚊子啊，"邻居说，"我们每年都买几只。"

小货车上放着一扎一扎捆起来的黑乎乎的东西，还有一点儿白霜，有点像干海带、海藻之类的东西，又像锡箔元宝叠在一起，不过是黑色的。

我看大家都买了。卖甘蔗的车来的时候，大家也都会买甘蔗。卖杂货的小推车来的时候，大家也会纷纷买点纽扣、橡皮筋、练习簿之类的东西。

我凑到跟前问："这是燕子啊？"

"对啊。"卖燕子的人说。

"这买回去怎么用啊？"我问。

"挂在屋檐下面，它吸了空气里的潮气就会变成燕子了。"旁边的热心邻居对我说。

我听见了"十块钱一个，十五块钱两个"。我对卖燕子的人说："十五块钱两个对吗？"他说对。我就用手机扫了他的收款码，付了十五元。他正好散的都卖完了，又拆了一捆，从那些叠在一起的燕子里拿出两个给我。

"你要给它弄个细绳子，挂起来。"邻居对我说。

我仔细一看，从那扁扁黑黑干干的东西上可以用指甲掀起来两条东西，像掀干紫菜那样，弯一弯就可以钩在什么地方。我把它们挂在阳台上。

今年雨下得特别多，每天都在下雨，还很大，到处都传来了洪水的消息。我时常到阳台上去看燕子，它没过几天就有点儿鼓起来了，两片黑色的像花萼似的东西微微打开，露出里面缩着的一个浅色芯子，再往后皱缩的花萼舒展开来，芯子长成一个花苞那样的东西，上端露出了一点红色。偶尔不下雨的时候，我到外面散步，也会留意别人屋檐下的燕子，碰到邻居，就问："你家燕子开了吗？""快了，今年燕子开起来快来。"邻居说。"一个燕子能用多久啊？"我又问，"能用一个夏天吗？""一般么到秋天就谢掉了，"邻居说，"还会有人来收的。你丢掉也可以，收也没两钿。""收去做啥呀？"我问。"大概做药吧，我也搞不清楚。"邻居说。

我想，这里的人春天时买燕子，就像有些人春节的时候会买几个水仙花头回家养起来一样。

有天我的燕子开了，它们叽叽叫着，撑开了翅膀，翅膀下面一道道褶子像折扇子一样，怪好看的。飞出去的时候，我有点儿担心会不回来。但是它们过一会儿就回来了，用爪子抓住晾衣绳，倒吊着休息、聊天。我听不懂它们聊什么，但也为燕子开了而感到高兴，还对着它们拍了好几张照片，发到社交媒体上。

每天我看着我的燕子，都感到很高兴，蚊子好像也确实少了。我还想再买两只。我问邻居："卖燕子的人还会来吗？"邻居说："这讲不定呢。有可能来，有可能不来。"卖瓜的人也是，爆米花的人也是，这些人都是说不准什么时候会来的，所以他们来的时候，这里的人都很高兴似的，都会围上去买一点儿。爆米花的人来的时候，大家都从家里拿出玉米粒和米去请他爆,空地上"嘭"啊"嘭"啊地响了一下午,空中一直充满了甜香,像过节一样。

过了些天,好不容易有一天当中雨稍许停了一歇,那个音乐声又来了,我跑下楼又买了两个燕子。

这次的燕子长得比之前的还快,但是花萼伸出来以后,怎么里面好像也是黑黑的。最后,竟然长成了全身黑乎乎、长着毛的东西。

混蛋,这不是蝙蝠吗?买的时候那一坨就有点儿像茶饼。"你是沭阳来的吗?"心里对着卖燕子的人说。听说从沭阳卖出来、说好是什么的花籽和花苗,结果总是开出莫名其妙、完全不对的花来。

卖燕子的人又来的时候,我就忍不住去责怪他:"你第二次卖给我的是蝙蝠啊!"

可是他坚持说,那是因为今年的雨下得实在太多了,所以他的燕子有点儿发霉而已。"米也发霉了,被子也馊了,太多雨了啊。发霉了,但也是燕子啊。"说着,他还塞给我一个小小的黑色圆球,说是蝉:"给你个这个拿去听!天热了就开了!"

明明是蝙蝠,这个奸猾的人。我心想着,扔掉了那个蝉球。万一长出来不是蝉呢!

不过蝙蝠也吃蚊子,也吱吱叫。我听不出来和燕子有什么区别。它们都翅膀尖尖地在空中飞。自从有了燕子,又有了蝙蝠,我每天都睡得很安稳,没有蚊子来打扰,听到它们吱吱叫,我也分不出来有什么区别,谁是谁,是白天还是晚上。

(2020.9)

留下的狗

很多人走的时候,都留下了狗。"都不容易。"狗说,表示谅解。它们说完这一句之后,通常就闭嘴不再说什么了,然后做出不怎么在意的样子。看着它们的眼睛,你能看到它们就是那么善良、体贴、同情人。

这些狗们很守规矩,懂事,彬彬有礼,从不在夜里乱叫,不在硬地面上留下排泄物,不追逐野猫和同类,避让儿童和老人,绿灯时才过马路,堪称狗中楷模,使居民们没人想到要去向有关部门反映野狗的问题,它们仿佛下了决心,要努力留下来。白天它们很少在显眼的地方晃来晃去,就躺在绿化带的树篱后睡觉,它们挨着树篱,躺在影子里,就像影子一样。正午,它们把身体抻到最长,变成尽可能细的一条,太阳渐渐下去,它们也慢慢放松开来;没影子的阴天,它们就是涣散的灰蒙蒙的一团。

很多人甚至没发现这些狗的存在,他们走在路上,不会注意到天空、树和狗,对在眼前发生的事都熟视无睹,他们只能留意到跟自己最接近、有最直接联系的那些事,自打出生就是这样。

那些人离开以前,大家也没怎么见过他们,因为他们大都早出晚归,天黑的时候看不清他们的脸,分不出谁是谁。他们搬走的时候,你也分不出在搬东西的人,谁是他们,谁是帮忙的。

不过住在我隔壁院子里的青年搬家那天,我在家,我站在阳台上,看见那些搬东西的人把电视啊洗衣机啊搬上卡车,但他们一个也不是住在我隔壁院子里的青年。我突然想:"他在哪?他们不会是贼吧?"

于是我下了楼,问他们这是要把东西搬去哪儿。

他们说,搬去他们自己家用,这是住在我隔壁院子里的青年卖给他们的,他把他所有东西都卖啦。

"啊,"我心想,"那他人呢?"

"不知道。"他们都不知道。

这时候我看见我家隔壁院子里有只狗,小小的黑狗。

原来他也是会把狗留下的人,我心想,从夜里橘黄色亮灯的窗口看他裸着上身刷牙的时候看不出来这种事。

我说:"这狗也是他的吗?也卖给你们了吗?"

他们说狗不是,他们没有买狗。

狗看看我。

我不知道住在我隔壁院子里的青年之前养狗。

不过我可不想养它,谁想平白无故添个这样的负累呢。"我不要狗,"我心里对狗说,"别看着我。"

狗转开了头。

后来,这只曾经住在我隔壁院子里的青年之狗也加入了白天在绿化带的树篱阴影里睡觉的行列,它也很守规矩,懂事,彬彬有礼,不在夜里乱叫,不在硬地面上留下排泄物,不追逐野猫和同类,避让儿童和老人,绿灯时才过马路。夜里,我看见黑洞洞的绿化带、树林里、草地上有星星点点的光亮,我走下路肩,跨进绿化带,看见那是狗们在绿化带的草地上看手机,看短视频、看电视剧、刷社交媒体、打游戏、搜索附近的狗,有时它们甚至会叫一份外卖,备注放在一个地方。我看见曾经住在我隔壁院子里的青年之狗,在看脱口秀节目,它抬头看我,我想没错就是它,我看了看它正在看的脱口秀,那个说脱口秀的人跟曾经住在我隔壁院子里的青年好像有点像,好像又不是。它用狗的善良、体贴、同情人的眼睛看着我,好像说了一句"来当狗吗",我没有听清楚,因为这时候一团蚊子在黑暗中朝我头脸团团围来,我双手往空中挥舞,驱赶它们,虽然我看不见它们。我来不及想什么,说"哎呀蚊子好多",忙不迭爬上路肩,回到路上,走回了家。

(2020.9)

和平公园

和平公园，我四十多年前就在逛了，还有照片的：黑白的，我穿着呢子衣服，刘海遮住额头，背后有只梅花鹿。我很喜欢这张照片，觉得美，而且对我来说很珍贵。

小嘉在的八年里我们只来过一次。小嘉不太喜欢这里，他没多说什么，我知道他觉得这里的人显得太急切了，但他不想批评别人。我还是替他们辩解说："年纪大的人不会去网上寻朋友，只有来公园。"小嘉想了想说："如果我没有碰到你，或者别人，我大概也不会在公园或者浴室里认识人，可能会一直一个人吧。"我想，可能会的吧。他不适应那个动物世界般的世界，极乐鸟张开双翼和胸盾，变成面目全非的形状，只有一张炫蓝色的痴笑，跳起奇怪的舞蹈，蜥蜴高挺起胸腹，迈着短小的腿爬上一块高出地面没多少的石头，在空中扬起喉间绚丽闪耀的旗帜，张望着，急切而滑稽，令他目眩，难以应对。虽然认真说的话电视里那些动物们是在追求异性和繁殖，但高潮总是在两只雄性华丽扇喉蜥什么的扭打在一起的时候不是吗？他又说："你大概会在公园里寻朋友的。"如果不认识他的话。我说："可能会的吧。"我二十多岁的时候，生活里没有互联网，越洋电话也要等父母从美国打过来，只有来公园。但我不希望小嘉觉得他可以被我在公园里找到的人代替，或是想象我一个人在公园里寻找目标的样子，就又说，我小时候就喜欢和平公园，因为这里有动物园，我和小学同学在西南角那个下面有个防空洞铁门和梯形砖墙的小山上玩"电报一二三"的游戏，山顶上是我们的"老家"，没有什么引颈期盼的男人。当"鬼"的时候，在山顶的假山石上趴着数数，突然意识到周围一片寂静，只有自己一个人背对着世界，于是心里一慌，生怕别人都不告而别。那时候总是从正门进公园，觉得这座带梯形防空洞入口的小山在公园深处，后来可能因为人长大了，公园的格局也改了，发觉它其实没有那么深。我和小嘉来到山上，山下有个比我们年纪还大一点的男人一直往上面张望，最后终于决定走上来，小嘉看他往上走来，就说："下去吧。"不想给他上来向我们开口的机会。在小山径上碰到的时候小嘉没有看他,我和他对看到一眼,他大概觉得我和小嘉是刚在山上认识的。我走下去以后再回头看,他站在小山顶引颈期盼着。

我有时会想起他们,在山上,在假山上的亭子里,韶华已逝,皮肉衰败,身上已经完全没有雄性动物的艳丽,灰黑一团,在假山步道上,转来转去,寻寻觅觅,饥肠辘辘,转过芍药栏前,紧靠着湖山石边,做着梦。白天的光全沉没了他们还在那里。然后我就会想到小嘉。"小嘉救我。"我想。这次我很快想起小嘉不在了。以后会怎么样,我也不知道。

现在我还好,还挺得住——从各个方面来说。

昨天晚上自己在家吃晚饭的时候就想,今天要去逛一下和平公园。吃早饭的时候看到天不太好,台风要来了。到公园的时候已经在下小雨。

桂花很香,但天气很惨,风大,看不见人。路边花坛里并肩挽手站着一对白色的石雕古装男女,真人大小,像连环画里仙女和农夫,雕塑的名字叫"爱情颂",再走几步又是一个婴幼儿窝在一个像桃子的花苞里的雕塑,叫"人之初",铭文写着:"……赋予生命的神奇,孕育生命的义务,珍惜生命的可贵……"再往前一点儿还趴着一个纤腰丰臀的石雕裸女,叫"生命回归"，这些颂扬异性婚恋和生育的小摆设把我看笑了，就像一个鬼进门，看见到处摆了一堆没什么用的桃木剑、拂尘、符箓之类镇邪的东西，不禁觉得好笑。接着又看到一个也很好笑：一男一女对坐在棋盘两侧，两个人姿态都很不放松，坐得直直的，女人腿上还坐着一个小孩，也正对着男人，像她的砝码，这真的不是个比喻吗？

眼看着雨好像要下大了，我走到公园里的小动物园入口处，犹豫要不要买张门票进去看看动物。这时有哭声传来，我看见不远处有个女人站着痛哭，身材有点笨重，穿着一件很朴素的深蓝布衣服。售票亭里有两个女人，她们谈论，顺便也分享给我两句说："兔子死掉了，她就穷哭啦！"另一个说："兔子没死！""那她说兔子死掉啦？""没死没死，是她听到兔子有可能会死掉，就穷哭了，实际上兔子没死。"

蓝衣服女人对面有个穿黑衣服的高个男青年在跟她说话。我走过去听听怎么回事，男青年看样子是公园的工作人员，大概生怕别人误会他在欺负中年妇女，就对我解释说："昨天她妈妈把兔子拿过来，要丢在我们这里，大概因为晓得我们这里有志愿者，平时会救助一些小动物，我们就收下来了。结果是她的兔子，她去住院了，听到她妈妈把兔子丢到我们这里就跑来了。那么我们就跟她说，我们这里没有寄养服务的，她妈妈把兔子送过来，我们就当她遗弃它了，我们这里接收它，养它，但是我们这里的条件肯定不可能像它原来住在家里一样，以前它可能自己单独住一个笼子，到了我们这里就要和别的兔子待在一起，它不一定能适应，别的兔子还可能会咬它，它有可能会被咬死掉，能不能好好活下去要看它自己的本事，我们没办法向她保证什么，她跟这只兔子也已经没有关系了，我们只好这样跟她说。她要给我们兔子平时吃的东西，还有钱，我们不收她的。就是这样一桩事情。"蓝衣服女人只是一个劲呜呜地哭，可能听到兔子会被别的兔子咬死，可能是听到兔子跟自己已经没关系了，她一下子崩溃了，号啕大哭，情绪激动，一时间无法交流，只反复说一句话："他们叫我去看毛病呀，我要去医院了呀。"真是生离死别，我想。男青年也不知道再说什么好，看着她，又朝我看。他说话时，我也"嗯嗯嗯"地点头，表示理解。

她妈妈为什么不能帮她照顾兔子，我不知道，也许讨厌兔子。养兔子也很麻烦吧。可能她年纪也很大了，照顾自己都不容易。蓝衣服女人看上去好像也有五十几岁了，那她妈妈要七十多岁了。七十多岁的人是很辛苦的吧，有的人四十岁的时候已经累了。不过她妈妈还能把兔子拿到公园来,也不是彻底精疲力尽的老年人。我妈妈好像前不久还去爬山了,她在电子邮件里提到一句,应该身体还不错吧。也有很多活得十分硬朗的老年人,比他们年轻的人都倒下了,他们还顽强地活着,靠的是什么呢?命好,有特别充沛的精力,或是把不多的精力全都集中用在自己身上,一心一意、不顾一切地活下去?眼前这个女人,老了,生病了,没有能托付宠物的亲戚或朋友,跟宠物分别,妈妈还把她的兔子扔了,宠物可能会死,自己说不定也会死,太惨了。人怎么会这么惨?我心想,一不留神就会这样的吧。我有点想帮她养这个兔子算了,但是听人家说过兔子很臭。

"兔子是不是只能养在笼子里的?"我问男青年。"一般好像是这样,"男青年说,"也有人放出来玩的。"我说"哦"。

男青年又去劝她:"你还是先快点去看毛病,自己身体要紧。"

女人又要把一包东西塞给男青年。男青年说:"真的不能收,吃的东西我们这里有的,也不需要你的钱,现在我们来负责养它。"

女人想伸手拉男青年,男青年摆手后退。两个人都挺无助。

我问女人："你要在医院里住多久呀？"言外之意，你生了什么病？要紧吗？会死吗？

结果女人一下子又受了刺激，又哭了，说："我不知道呀！我不知道呀！"我想，想到自己生病了，说不定要死了，是蛮伤心的，林黛玉就常常伤心。被人问，又于事无补，还要自己再说出来，也很痛苦。

"要不我帮你养吧。"我听见自己说。

他们两个人一起看向我。女人马上要把那包东西给我。我说："这是什么？"男青年说："兔子吃的，还有一千块。"我说钱我不要，兔子吃的给我吧，我也不知道兔子吃什么，让它先有得吃。男青年很高兴，从塑料袋里拿出一叠也没用什么东西包一包的钱交给女人，把塑料袋给我。女人拿着钱还想给我，我说你看病很花钱的，我兔子应该养得起的，没关系的。男青年说："那我们去拿兔子。"边走还边说本来他们这里已经救助的动物也没有再让人领养的程序，不过也不用那么死板。

我们三个人一起走到动物园门口，男青年对售票亭里的女工作人员说："快点帮她把兔子拿出来，刚刚碰到这位先生说他来帮她养。"

售票厅里两个女人都朝我看了两眼，可能会想：一个逗英雄的老男人，抓住机会，一个箭步欺近一个孤寂的老女人，像跳交谊舞里的动作那样，这种动作她们在公园里应该看得多了。其中一个女工作人员从售票亭里出来进了动物园，剩下一个在售票亭里继续观察我们，等下可以和她的同伴分享。男青年说："那你们要不要加个微信，可以交流一下兔子。"我们就加了微信，蓝衣服女人的微信名字叫冯美佳。

我问冯美佳："兔子几岁了？"

"六岁，"她说，"六岁半了大概。"

"哇，那年纪也蛮大了。"男青年说。

我和小嘉在一起的时候，冯美佳和兔子在一起，我想。

女人又要哭了。"它很乖的。"她说。

"它是男的还是女的？"我问。

"男的，绝育了。"她说。

"它有名字吗？"我问。

"没什么名字。"她说。"就叫兔子。"她又说。

这时她还接了个医院打来的电话，她说："我马上就回去。"

"医院远吗？"男青年问。

她好像没听到。

过了一会儿女工作人员跑出来问售票亭里的另一个女的："伊只兔子啥颜色的？我忘记了。"

里面的人说："就是白的。"

冯美佳着急了:"淡咖啡颜色的。"

头一个说:"有好几只咖啡色的——让她自己进去寻吧。"

冯美佳就跟她进去了。男青年找话闲聊,夸我人好,说今天这个天气真是不大好,雨也有一点点大。他没伞,就站在售票亭屋檐下面。我撑着伞。男青年又问售票亭里的女人兔子昨天是怎么拿过来的,是不是有个笼子。里面的人说好像是有个笼子。

然后冯美佳抱着兔子哭着出来了,兔子很脏,脚上身上都是泥水,浅棕色混着一点白色,跟我想的不一样,毛还是长的,头缩在冯美佳怀里,看不见脸,不知道还好不好。冯美佳一边哭一边用衣服擦兔子,我过去给她们撑了一点伞。

售票亭里的女人问一起出来的女工作人员:"这兔子是不是还有个笼子的?"

女工作人员说:"啊?好像没有的。"

男青年说:"那她妈妈是怎么带过来的?"

"塑料袋拎过来的,"女工作人员说,"我记得就一只塑料袋。要么我去帮你寻只塑料袋。"

冯美佳等她们找出了一只塑料袋,看我把塑料袋里的兔子拎好,男青年说:"那你快点去医院吧。"她没说什么,失魂落魄地走了。

我把兔子放在自行车篮子里，把塑料袋稍微拢一拢，挡掉一点雨，把另外一包它的吃的挂在自行车龙头上，一只手撑伞，也给前面篮子里的兔子撑一点，骑自行车回家。沿途都没看到宠物店。我提着兔子走楼梯，它还挺重的，一动不动，像个西瓜。我可能什么时候要考虑搬回老房子去了，我想，总有一天我会爬不动六楼，那时弄堂里可能没什么认识我的人了，不会再有人问我"爸爸妈妈回来过吗""你怎么不去美国"，到那时我就搬回去，我还可以假装结过婚，有一个叫冯美佳的前妻。进到家里，我想了想把兔子和塑料袋一起放进浴缸，打开那包吃的东西看，里面是干草和好几种兔粮，我拿了几根干草、一点兔粮放进塑料袋，心想它要吃就吃，不吃闻闻说不定也能放松一点，然后用手机搜了一下宠物店，再出门给它买笼子。结果我去的店里没有专门的兔笼，我买了一个普通的笼子，还有滚珠水壶、食盆、尿垫什么的。回到家，兔子还在塑料袋里，我想可能还是待在笼子里透气一点比较好，但我不太敢直接抓它，不知道要抓哪里，也不敢抱它，怕它害怕。我给笼子铺上垫子、装上水壶，拿到浴室里，把兔子和塑料袋一起从笼子上方放进去，再想办法把塑料袋脱出来，脱到一半我觉得算了，塑料袋声音太响，不要连续不断地动它，让它缓一缓。

然后我要开始做下午饭了。

从冰箱里拿出昨天下班买的牛肉、卷心菜、土豆、番茄和洋葱。洗土豆，洗番茄，掰掉卷心菜外面的几片叶子，随便洗洗里面那颗球，削土豆皮，啊对了，把平板电脑拿过来，找个综艺节目点开，摆在旁边，一片喧哗一下子从小屏幕里涌出来——像有点冷的天里小电饭煲煮好饭顶上冒出来的热气，散漫在一小块空间里，让人松弛下来。我接着削土豆皮，把土豆切成块，切番茄，切牛肉，掰卷心菜，不记得小嘉确切的做法了，就这样一股脑放进锅里，放水，放煸过一下的洋葱，倒上一整罐梅林牌番茄酱。"要听装的，不要瓶装的。"他叫我买的时候说。过一会儿就会冒出让人动感情的香味，最后加盐，变成第一次做也会成功的、温暖人心的美味的汤。

盖上汤锅盖，我用手机搜索起关于兔子的事。"兔子的寿命"，"兔子受到惊吓"，"兔子换新家"，"兔子多久认识主人"，"养兔新手指南"……有个兔子年龄计算表说兔子六岁相当于人类五十六岁，跟我差不多，比我还老一点。看了一个讲解兔笼布置的视频，心想我要去买个好一点的兔笼，不知道它能不能挺过来。兔子胆子很小，敏感，脆弱，很容易被吓死，他们说。我想，其实人也有很多在遭变故后、被放逐和流亡中，因为不堪惊惶、忧愁、颠簸和劳累而死去的啊。

我轻轻走到浴室门口看了看兔子。不要死啊。我心里对它说。如果你不死，我就给你买个厉害的笼子。眼前是老年，一起生活很多年的人住进医院，后来死了，剩下你一个，这种事我也刚经历过哦，还是要活下去的。又说不定冯女士只是被一场小手术吓坏了，过两个礼拜就好了，还要来把你要回去的。不禁以养父的心情想起了那种生母弃儿、回头又想认亲的事件。

最后我觉得卫生间里可能有点冷，还是尽可能轻手轻脚地把它搬到了连着厨房的小小的厅里。也让你闻闻罗宋汤的香味，我想，里面有卷心菜哦。《彼得兔》里的兔子都吃卷心菜，等你身体好一点，也给你吃一点。这个用番茄酱和卷心菜代替了甜红菜的罗宋汤，或许给流亡的白俄带去了慰藉和哀思，如今也慰藉了我，使我怀念，但愿也能对你有点帮助。至少现在房间里暖烘烘的，隔着玻璃窗看外面，天很阴沉，雨要下大了，树摇得很厉害。

罗宋汤，色拉，炸猪排。

小嘉离开以后的某一天，我想要开始试着做一些他做过的食物，我想列个单子，然后就写下了这三样东西。它们以绝对优势出现在我脑海里，仿佛世间最好吃的三样东西，令小嘉做过的其他食物、世上的一切食物都败下阵来。爆炒猪肝也很好吃啊，炒鳝丝也好吃，小嘉还做过烟熏槎鳊鱼、奶油蹄筋这种好像比较厉害的菜呢，我努力回想，不过没有用，没有什么比得上罗宋汤、色拉和炸猪排，我应该把它们三个画成圣像供起来，罗宋汤在中间。这是小嘉第一次做给我吃的东西，好吃得令人感激。"这是我家里经常喝的非常普通的汤，我上小学的时候就会做了。"小嘉笑着说。

我上小学的时候家里没人会做汤，或炸猪排，或别的什么。曾经有一个保姆做饭，后来走了，不知道是为什么。我就吃冷面、冷馄饨、小笼馒头和生煎馒头，从家里拿着空的钢宗镬子到马路对面去买一份，等他们帮我把东西装进镬子，再端回家。要回想母亲的样子，万寿斋里一脸怨怒的营业员阿姨的面孔却会浮现出来。如果爷爷奶奶想让我补充营养，就让我去买一盘白斩鸡，如果想让我开心，就给我吃一颗三角形的桉叶糖，再来一杯麦乳精。而他们自己很喜欢抱着方的饼干听，从上面圆形的开口伸手进去，摸出一块苏打饼干，或者万年青饼干，或者华夫饼干，凑在饼干听上吃，以免饼干屑掉在地上，像兔子一样，十分可爱。后来我看到别人手伸进方盒子上的圆洞里摸奖，就会想起我的爷爷奶奶。我觉得他们在拿出来之前就已经摸出来那是什么了，如果不是他们当时想要的，就会再去摸别的。

前段时间，我路过一家招牌看起来像传统老字号的小吃店，门口贴的海报上写着"老上海炸猪排"，我就推门进去了，点了一份老上海炸猪排，一碗百叶结粉丝汤，心怦怦跳，以为能吃到小嘉做的那种炸猪排：裹着很细的面包糠，颜色有一点深，不是日式餐厅或便利店盒饭里那种金黄色、面包糠像鳞片一样、抢猪排的戏的炸猪排。没想到猪排端上来，完全是另一个样子，它看起来像一张油炸过以后膨起来的面饼，里面夹着肉。怎么会这样！谁要吃面皮啊！我失望极了，想找人评理，对人哭诉，难道你们小时候家里吃的不是小嘉做的那种裹细面包糠的炸猪排吗？他用刀背代替小锤子，横着竖着、正面反面，敲打生猪排，打碎鸡蛋，放一点盐，把猪排浸进去，按压，再拿出来放进盛面包糠的盘子，我也跟着他一起做，按压蛋液里的生猪排这件事真是让人开心，还很性感，最后炸成的猪排颜色是深的，外面的面包糠细而紧实，好吃无比，是真正融合了的炸猪排的一部分，而不是肉外面的油炸面屑，或面皮外壳，你懂吗？我简直想哭了。我土生土长五十年，连老上海炸猪排是什么样的都搞不清。

当我难过的时候，或是不知所措的时候，我就到厨房，打一个鸡蛋，把蛋黄倒进一个大玻璃碗里，想起小嘉说"两个蛋更好"，就再打一个，用牙签挑掉蛋黄外面的一层膜，用四根筷子开始打蛋，一直顺着一个方向，打啊打，直到蛋黄完全散开，加入半勺色拉油，再继续打，把油打不见，再加油，大概要加很多次，加到终于不想加了为止。筷子在碗里"夸夸夸夸"的声音不是很好听吗？为什么有人要买电动打蛋器那种东西呢？最后我把打好的色拉酱包上保鲜膜放进冰箱里。有时候第二天再去买土豆、红肠、里脊肉和罐头青豆回来做色拉。有时候我把色拉酱包放进冰箱里，发现冰箱里面还有两碗。然后我就整天吃土豆色拉，也吃不腻。上班的中午，同事看见我又拿出了玻璃饭盒装的土豆色拉，大概会觉得我和前段时间分开了的女朋友又复合了，就为我高兴起来。

当小嘉教我浸排骨的时候，还有叫我帮他打蛋的时候，剥蚕豆的时候，包蛋饺的时候，我都会想到小嘉妈妈和小小嘉曾经也是这样，关系亲密。他妈妈肯定也很怀念那段时光。我尝到的都是小嘉妈妈的味道。"如果你小时候认识我，可以来我家里吃饭。"小嘉说。"现在呢？""现在伊要气煞。"小嘉说她在他二十七岁的时候知道了他喜欢男的。"然后呢？""哭呀，一直哭，还去普陀山求菩萨。"但菩萨本来是男的，我想，他不大在乎是男的还是女的这种事。后来他们和好了，他妈妈就当没那回事一样。

还有很多时候，我开门回家，就听见从厨房传出来欢声笑语，一边伴随着音效，一边做着饭的小嘉就像是他们场地边上的一员，一个替补乐手，一名灯光师，或等着上下一场节目顺便观看本场录影的嘉宾什么的，他好像认识那些综艺节目里的每个人，知道他们结婚、离婚、被骗钱、被妈妈讨厌、自杀未遂、以前是男孩、现在是女孩、最近这些年又开始陆续死去的事情，听上去很苦，却有说有笑着。那时我虽然没能感受到综艺节目有什么好看，但是觉得爱看综艺节目的小嘉非常可爱。我继承了他的这个习惯。仿佛有个律师来告诉我，他给我留下了这个，我说好的。

晚上，我发现兔子不知道什么时候已经到塑料袋外面来了。但还是蹲着不动，像一大团毛，头上高耸着长毛的耳朵，像戴着歌舞秀里的羽毛冠，眼睛黑咕隆咚，睁着，也不动，看不出来在看什么、有没有在看什么，又平静又空洞，像台风眼一样。我记得之前吃的东西里有两朵像蒲公英的黄色干花，现在没有了，别的看不出来还少了什么。垫子上有尿和大便，大便有点不成形，但也不是很稀。我打开笼子，把塑料袋拿走，加了点干草和零食叶子，又找了四朵黄花给它。上网买了一个兔子厕所、几包带蒲公英的兔子零食。

半夜里我被一种"嗒嗒嗒"的响声吵醒了一会儿，不知道兔子在干什么，没有起来，半梦半醒中为它活着而感到高兴。第二天发现那是它从饮水器上喝水的声音。小黄花又没了，边缘锯齿状的叶子好像少了一点点。

冯美佳没来问兔子情况，不知道是治疗得很忙苦，还是心里想好不管兔子了。

我在家里看看书看看电视剧，继续喝罗宋汤，外面还是刮风下雨，兔子还是蹲着不动，悄静无声地排出尿液，或是滚落下粪球。仿佛兔子就是这样为世界干点什么的。我觉得兔子干得不错，不比人类差劲。

又到了晚上十点多、快十一点的时候，我看见兔子在吃东西，嘴和鼻子一起快速细碎地动，"嚓嚓嚓嚓"，一片干叶子消失在那个匍着的大毛团的边缘，接着又一片，哇——我的心一雀跃——然后它又停下了，一动不动，仿佛也想在一阵静止之后消失一样。厉害的笼子但买无妨，我想，如果冯美佳把它要回去，我可以再养一只小兔子，一只符合我喜欢的样子、称心如意的小兔子，短毛的，橘棕色或浅褐色，或者白色带黑眼圈的，毛茸茸的，年幼、健康、活泼、快乐的，我想。

我给冯美佳发了一条消息，说兔子挺好的，吃了东西，喝了水。

过了两秒钟我的手机就响了，冯美佳要跟我视频通话，这铃声怎么设计的，感觉一响起来特别吓人，比手机铃声还吓人，我有点措手不及——向别人发起视频通话的邀请这种行为是合法的吗？冯美佳你这种习惯是跟谁学的？曾经有人跟你视频通话吗？现在他在哪？应该叫他帮你养兔子。还是说你就是因为这样才没朋友的？但我马上想到她要看兔子，不是要看我，就接通了，冯美佳的脸占满了整个屏幕，在医院的灯光下惨不忍睹，在公园里我其实没怎么看她的脸，憔悴、松垮、浮肿，惨白色的，灰白条纹病号服的领口比较松，露出许多脖子，真是太难看了，难看得让人同情和措手不及。我也看到了屏幕右上角的我自己的脸，当镜子照了一下，改用手机背面的摄像头，对着兔子。我又点了点兔子的小屏幕，于是兔子变大了，冯美佳的脸变小了，我也看着屏幕里的兔子。

冯美佳看到兔子就带着哭腔呼唤起来："乖囡！乖囡！"

我心想，兔子好不容易平静下来，不要一听见你的声音又激动起来哦。兔子转过头来，开始寻找她。她更激动了："哎呀我在这里呀，妈妈想你呀。"

我感到有点尴尬。兔子找不到人，有点困惑和失望，可怜。让领养儿童和生父母通话应该更加谨慎，我想。而且这么晚了，病房里其他的人听到她这样喊"乖囡"，不要恨她的吗？他们应该连我说话都听得到的。我想起在地铁上见到过跟一个女的大声视频通话还说了很久的男的，"戆卵"，我当时想。不是戆卵的人都不应该在公共场所开视频通话，除非发生了什么灾难，有人快要死了，比如在失控的正冲向地面的飞机上。不过冯美佳如果也快死了呢？

我说："你房间里其他人是不是都休息了？"

她说："伊吃了什么？出来玩过吗？"

我说吃了黄颜色的花，还有几根叶子，还没出来玩过。好了，这下他们发现这边不是一个小孩了。

她说："你要让它出来的，不要一直关在笼子里。它会上厕所的。你这个笼子也太小了。"

我说："好的。我已经买了大笼子。你要不早点休息吧，明天再讲。"我想让病房里的人听出我是个好人，我不想吵他们休息。

但是她又开始对兔子说话："乖囡你要多吃点东西呀，要吃草的呀。"

我说："太晚啦，大家都要休息啦。"

她说："只有我要死掉啦。"

我停顿了一下,还好她病房里没有心情很差的人说"要死就安静点死死掉"之类的话。我只好说:"不要瞎想。"

她说:"没瞎想,医生说的。"

我说:"你现在快点休息,要么我过两天去看看你。"

她说:"哦。啥辰光啊?"

……一般人不是会说"不用了"吗?

"嗯……下个礼拜一?我礼拜一礼拜二休息。"我一边说,一边替那边病房里隔着帘子竖着耳朵的人心想:好的,今天是礼拜二,这个人休息在家里两天也没有来看她,大概是因为天气不好不高兴出门,他在家里看看书、看看电视剧、喝喝汤,也没想去看看那个要死了的女人,没良心的。他们一定想。

"下个礼拜我就不在了。"她说。

"你要出院了吗?"我说。

"我要死了。"她说。

他们一定想:好烦!一个作女人,一个坏男人!快结束通话!就看你的了!

我只好说:"那后天好吗?明天我真的有点事情不方便请假。"像在讨价还价。

"哦。你不要骗我哦。"冯美佳说。

我说:"不会,你早点睡,明天把医院几号楼病房号床号什么的发给我。"

她说:"嗯,晚安。"

我说:"晚安。"

她又说:"晚安。"

我心想,这是怎么回事啊。我是被卷进这桩事里的还是自己跳进去的啊。

她过了两分钟就发来了医院楼号病房号床号。

我觉得医生不会对一个人说"你要死了"这句话,小嘉说当他们觉得事情真的很糟,会问:"有家属陪你来吗?"你可能已经在影像报告上看出来一点了,你想问医生怎么办,而他却问,你有家属陪你来吗?"没有。"我仿佛听到小嘉、冯美佳和我都这样回答。家属总是在你自己知道坏消息以后才被惊动的,这就是成年人。

冯美佳有家属陪着吗?我觉得八成没有。没人帮她养兔子,从医院跑出来没人跟着,晚上还在病房里跟算不上认识的人视频通话。她一个人在医院里,孤独得要死。病房里的其他空间中,挤满了别的病人和他们的家属,他们摩肩接踵,彼此说着"不好意思让一让"侧身穿插而过,插进彼此的聊天,在床和床之间找空当坐着，夜里在床脚和墙壁之间搭起租来的折叠床，随着更多亲友临时涌进来，坐到床上、贴着墙壁站着，为多占用了大家本该平分的空间而对亲友少的病人感到抱歉，都满到了冯美佳这边来了，全都看到了冯美佳是那么孤独。"好可怜呀"，不约而同地想着，趁她离开病房去做检查的时候一起感叹出来。然后他们更亲密了一点，显得冯美佳更孤独了。他们可能也想跟冯美佳说话，但是冯美佳沉默地坐在床上，基本无隙可入。她坐在床上玩开心消消乐，命都用光了，叫好友帮她加精力也没什么人帮她加，她下狠心花了不少钱买道具。

我决定对冯美佳好一点，如果她发来消消乐加精力求助我就帮她加，如果她发来拼多多链接要我帮砍价我也帮她点，帮人点一点，举手之劳，手有余香，对不对。

我说要去看冯美佳是随口说的，但我并没有不情愿去看她。最近我正打算多出去走走，也没多少地方可去，去医院探望一个无关紧要的人算得上是个好行程。

星期四上午我煮了个牛肉蛋花粥，自己吃好，给冯美佳装了一饭盒，坐一辆公交车，下来还要走二十分钟，路上看到一个花店挺美的，进去买了一束小小的花，这束小花可爱极了，我自己也想收到这样的花，没有一大堆包装纸，没有会弄出很响声音的玻璃纸，有一团淡蓝色的绣球花，还有几朵紫菀、雏菊，一些零零散散的小白花和草叶，我看着这束花想，绣球花送给冯美佳，绣球花不能吃吧，其他的可以送给兔子。绣球花是我挑的，看见它我就想起了那天雨里的冯美佳。不要笑，你大概觉得绣球花是很华丽的花，但是我觉得那种淡蓝色往白里去的绣球花，很像洗晒太多发白了的颜色，非常朴素乃至贫寒，花形也很简单，花瓣薄薄的，淋在雨里很可怜，随随便便散一地。要说身材么，也是一大团，又不像单朵的大花那样有重量感，很像冯美佳的。我喜欢手里拿着花的戏剧感，好像我和什么重要和珍稀的事情产生了联系一样，等我拿一会儿，就送给冯美佳。真的，大家都应该相互送送花。现在我觉得带的那盒粥有点多余了，因为我还要撑伞，手里有三样东西。

虽然在下雨，医院附近路上的人还是很多，大家都很苦。我看见一个人撑着伞，穿着病号服，身旁挂着一个透明塑料盒子，用纱布带像背单肩包一样背在肩膀上，盒子上连着管子，通到他衣服里，应该也通到他身体里，上边还有个两头都通盒子的弯弯的管子，正像个包把手，盒子里竖分成几格，里面是淡黄色半透明的液体和一点血水。他从行人中穿出来，弯进一家小餐馆，在门口的柜台前点东西吃。后来我又看见几个拎着自己的盒子和体液在外面走来走去的人,像从一场警世时装秀里出来的,有的很当心,护着自己的盒子,有的好像根本不怕别人撞到他的盒子。

当我拿着花出现在冯美佳病房门口,病房里的人就全都看向了我。对的,那个讨价还价的人来了。他们刚吃好饭,洗好的饭盒还虚掩着盖子放在小桌子上,彼此之间也打听得差不多了,正好来了我。他们会想,我跟冯美佳是什么关系,还有冯美佳花头还蛮浓的,看不出来。冯美佳在最里面靠窗的床上坐着,倒没有我想的那么孤独,旁边还坐着一个女的,看上去是她朋友,因为跟她完全不像,个子小小的,长着一张畏畏缩缩的、忧愁的脸,脸色暗沉,看见我像惊恐的小动物一样跳起来,要把座位让给我,我看到她的灰湖蓝色人造革的包,脱皮脱得很严重,到处都脱皮了,她还在用。我说你坐你坐,把花递给冯美佳,她露出了笑容,有点难为情,说:"谢谢,怎么这么好看的啦。"她的女伴也附和说:"是的呀,太好看了。"我说我还带了粥,有微波炉的话可以热一热吃。冯美佳说吃过饭了。她的女伴说:"刚才没吃多少,牛肉粥好的,补充蛋白质,我去帮你转一转。"她从我手里拿过饭盒匆匆忙忙走了出去,好像我跟冯美佳有什么悄悄话要说一样。但房间里还有六七双耳朵呢。

我说:"你好点了吗?"

她说:"没。"

我觉得病情是别人隐私,而且旁人问一句,病人就要自己再说一遍,只徒增心烦,我就不想问,她想讲就讲。

我说:"你要听医生的话,自己不要多想。"

她说:"我没想到你会来看我,还带了这么好看的花,还带了粥。"

我说:"这都没什么的。粥我自己也要吃的。"

她不说话。

我说:"兔子还可以,头两天不吃草,只吃零食。昨天我看见它吃草了,还让它出来玩了一会儿。"

她说:"你当心不要让它咬东西。"

我说:"嗯,我在旁边看着的。在网上给它买了个大笼子,还没送来。大概明天会到的。"

她说:"那我给你钱。"

我说:"不用不用。"

她说:"哦。"

我说:"你这个位置蛮好的,能看看外面。"

她说:"一直落雨,暗黜黜的。"

这时女伴端着热好的粥来了:"吃一点吧,人家吴先生的心意。"

我想，好的，她都知道我姓什么了。

冯美佳说："这是我朋友小朱。"

我说："你好。"

小朱说："吴先生，你真是个好人，美佳碰到你，总算碰到了一桩好事体。"

我说："哎，没什么的。"

小朱很抱歉地说："我家里房子也很小的，家里人也多，事体也多，实在是帮不上她什么忙。亏得碰到你，否则她在这里心不定，心情也很影响康复的呀。"我看着她的脸，脑子里响起一句歌："你说你尝尽了生活的苦……"

我说："是的是的，好好休息。"

小朱说："美佳也老可怜的，你知道吗，她待在医院里，字都是自己签的，她妈妈没来过。"

我说："是不是身体不大好。"

小朱说："蛮好的。你说年纪大了么总归有点不舒服，但是大毛病没什么的，每天走进走出，我们邻居都看到的。你说怪吗？"

我说："嗯。可以自己签字的吗？"

小朱说："那没家属也没办法的。"

冯美佳说："我吃不下了。"

我说："吃不下不要吃了。"

小朱说:"所以我想人还是要有自己的家庭。吴先生你说对吗?"

我说:"我也没家庭。"

小朱说:"哎哟。"她停了一下,可能把"那么正好"咽了下去,说:"哎。有的事体也讲不清,要看缘分的。"

冯美佳对我说:"要么你早点回去吧。下雨。"

我说:"没关系的,再待一会好了。"

冯美佳坐在窗边的光线里,虽然是不好看,但是没有那天晚上视频通话里那么难看。仔细看看也不是完全没有好看的地方。

一时间大家都有点没话说。

我说:"你还想吃点什么吗?我去帮你买。"

她说:"不想吃。"

我说我刚才看见好几个拎着插管子的盒子的人在外面走,有一个还跑到小饭店里去吃东西,就想是不是医院里东西不好吃,要自己拎着盒子走出去太辛苦了。

这时旁边床病人的家属忍不住插嘴说:"那个是要走的,开好刀第二天就会叫你起来走,躺着要被护士骂的,要不让里面粘起来,还有积液要排出来,排的量不够不让你出院。我们也走过的,之前住在六楼的时候就在走廊里走,走廊里全是拎着盒子走过来走过去的人。"

我说:"哦……"问冯美佳:"你要起来走走吗?"

冯美佳说:"我不用走。我又没开刀。"

她停了停又说:"我已经不好开刀了。"

我心想:啊……这下真的不知道要说什么了。

小朱叹了一口气,握住了冯美佳的手。

我说:"那你有什么不舒服吗?"

冯美佳说:"没什么不舒服,我就是脚痛。"

过了一会儿她又说:"现在浑身不舒服了。"

这时从外面进来几个医生,直奔冯美佳这边,不料带头的医生长得有点好看,配着白罩衣更加显得聪明可靠,他看到我说:"朋友来啦。"我第一反应是从冯美佳身边退开半步——我不一定真的退了——我就是不想让他觉得我是冯美佳的谁,随即为此暗自羞愧起来。

冯美佳咕哝了一声。

医生问了两句很快走了。

接着又进来了护士,推着输液的架子,说:"打下午的药水了哦。"

护士来的时候,我退让到床脚,看见床尾插的卡片上写着冯美佳,四十八岁。

等护士走了,冯美佳输着液,我说:"那么我也走了。"

冯美佳说:"哦。"

小朱又要把她的座位让给我:"再坐一会吗?"

我说:"不坐了。你自己保重哦。"

冯美佳说:"哦。"

我说:"听医生话,医生会帮你想办法的。你自己尽量多吃点,晚上早点睡觉,不要玩手机。"

冯美佳说:"等你跟兔子熟悉了帮它梳梳毛。"

我说:"好的。"

小朱又很抱歉地说:"实际上我也差不多要回去了,下午要去帮女儿送被子。她学校里宿舍漏雨,漏得床都湿了。"

我说:"还有这种事。"

小朱说:"是的呀。"

我不想跟小朱一起走出去,路上还要讲话,就抢先走了。然后去卫生间把冯美佳吃剩的粥倒掉,洗了一下饭盒,到了外面,正好看见小个子的小朱急匆匆地走了,撑的黑伞伞骨折了几根,半边塌下来。"你说你感到万分沮丧,甚至开始怀疑人生……"

虽然我脑子里一直响起陈年的流行歌曲,但我心里其实有很多感受一下子反应不过来。

就像当时有一天我来到小嘉的病房,看见小嘉被他的家属们围绕着,他们就像是把他保护起来一样,他的妈妈——我猜她是,而且看得出有一点像——带着一些怨恨、恐慌和无助看着我,这是我第一次见到她,那一刻我想:我吃了很多你家传的手艺,我们的关系应该多少比现在这样要亲近一点,不过我也从来没幻想过跟你亲近,因为小嘉说过你会气煞。我甚至想:如果我是个女的,我会跟你有婆媳问题吗?没有婆媳关系,不用非得带上一大家子人,没有谁和谁要捆绑在一起,没有那么多附带的要求,我一直觉得没有结婚这档事的世界也有它好的地方,拥有一种很棒的关系,又不用顶住别人来质疑你们为什么不结婚、敦促你们结婚来维护这种关系。可是当我们中的一个人生病的时候,他的家人们还是一下子涌现了,除了他妈妈,还有他的表姐、表姐夫和他们的儿子——他本来靠在旁边墙上玩手机,这时也抬起了头。仿佛小嘉妈妈需要他们为她撑腰壮胆,她一个人不知道怎么面对我,又仿佛带给我们看看:看,这才是正常的家庭。除了那个男孩,他们都那样看着我,好像一切都怪我,小嘉不结婚怪我,没有小孩怪我,生肿瘤也怪我,我心里问小嘉的表外甥:嘿,你喜欢男孩吗?如果他们将来发现你喜欢男孩,你猜他们会不会也怪到我头上?不过凭良心讲,小嘉认识我的时候也快四十岁了,他不结婚要怪我吗?小嘉的表姐马上迎上来,堵住我不让我再往前走:"吴先生你好,我是小嘉的表姐,我们到外面讲好吗?病房里太挤了。"如果你们不来就没这么挤,我想,原来知道我姓什么。在他们家里,他们应该不会叫我吴先生,他们会连名带姓地称呼我,如果他们知道的话,或者说"那个姓吴的"。

其实明明是怕在病房里闹起来,被别人看到难看。

"你待在这里没意思的,我们都在。你看你也是从外头过来,也没有陪夜。"

昨天下午刚刚陪他来办住院,今天只是检查,又没开刀,我陪夜干什么。小嘉也说不用。

"是的呀,小嘉也说不用。你陪在这里,别人看了怪吗?也不方便。"

你们才不方便,你看过他脱裤子吗?要么四十几年前看过。最熟悉他身体的人是我。我没说出口。别人看了怪也要管吗?

"别人我们也不去管伊,但是小嘉妈妈年纪大了……"

"……最后还是要回归家庭……"

"你看,你又不能帮他签字。"

"妈妈和儿子是世界上最最紧密的关系。"

那倒不一定的,我想。

"实际上多接触也没什么意思的,他现在也没有精力了。大家伤心来兮。你也伤心。"

他不伤心吗?伤心不影响治疗吗?

"实际上这也是他的意思,他希望你记得他是好看的,就留在心里算了。"

哦。

我为什么要像个中学生一样缩头缩脑地站在走廊上听她说话啊?因为她是小嘉的亲戚吗?

不然呢?

我表姐,嫁给了一个很英俊的美籍韩裔孤儿,你说棒不棒。

我进去看看他可以吗?我也不干吗。

我进去了,小嘉表姐迅速补位到原先的位置上,封住了空当,几个人盯着我就像当心不要被我出其不意起脚射门。高看我了,我没那个本事,我不知道该怎么办。伴侣不是第一顺位吗?算了。但就像普通朋友一样探望也要被拦到门外吗?同性恋临死前改邪归正,转世投胎不会当同性恋了是吗?如果是平时,我会想和小嘉讲讲道理,可是讲道理大家应该面对面站着,心平气和地讲。但现在小嘉躺下了,他们坐着,只有我一个人站着。哦不对,还有小嘉的表外甥。这个时候我只能顺从躺着的人,躺着的人顺从他妈妈。

一旦由家人出面帮他说话，一个年近半百的中年男人好像突然就自愿退缩回去变小了，变成一个做不了主、不能负责的小孩，这太荒谬了，而且可能他正希望如此。小嘉说要起来跟我出去一会儿，被以会着凉为理由阻止了，他就没坚持。他表姐说："要么你坐下来讲好了。我出去看看还有什么需要买的东西。"把她的位置让给了我。表姐夫放下在看的手机说："要买啥我去好了。要买什么啦？"他大概在这种气氛里有点坐不住了。要买什么呢？小嘉表姐也讲不出来，两人说着"我出去看看，你待在这里""我跟你一起去""不要，你待着"，我懂，要留个人陪妈妈看着我的。我和小嘉在他们眼皮底下说了几句话，说了什么我都忘了，大概就是"睡得好吗"，"我又帮你拿了只充电宝"之类的废话。我还问："你要我待在这里吗？"他说："要么你先回去吧。"

我也是一下子反应不过来的。

坐上公共汽车，悲伤慢慢恢复了在我身体里的循环，一开始，就像被久压的肢体松动之后感到的一阵"唉呀呀"，不太能动，也不能碰。

说起来，那首歌是哪一年的？那时我喜欢一个像少年黄秋生那样的人，还有一个喜欢的女孩，幻想跟她结婚。和小嘉走在路上的时候，我会告诉他："有点像那个。""她长到现在这个年纪可能会是那个样子吧。"她们都和冯美佳相去甚远,是那种长相温柔、性格爽朗、充满好奇心的女性。

我又想,晚饭吃什么呢?

下车以后,我就去逛家乐福。

在家乐福里逛来逛去,看到什么我都觉得不想吃,什么也不想买,食材并不能激起我的热情和想象。我终归不是一个爱做饭的人。不像小嘉,他逛超市的时候,感觉像戴安娜王妃一样,精神奕奕、面带笑容,那些蔬菜、肉和香料什么的都夹道欢迎他,朝他欢呼尖叫。我逛了半天,只拿了一点点东西,又不想为这点东西排队结账,又放了回去。出去吃了一碗面。

冯美佳经历着怎样的痛苦,我不知道,我想象不出来。小嘉的痛苦也是。连痔疮、鸡眼、牙疼、失眠这样似乎寻常的人类的病痛,我也无从得知究竟。这时我忍不住用舌头舔了舔脸颊里面的口腔溃疡,是不是除了我也没人知道发生了什么?一点点溃疡就挺痛的,吃饭喝水都很痛。在足浴店里,发现连长着一双干净的、没病没灾的脚,都是我的幸运,在见到别人各式各样的脚和问题之前,我从来没留意过这一点。就是自己的疼痛,也无法在它突然出现的前一刻想到,那种说不清楚的疼痛,主要在胸前,有时侧边也有,去做检查也没查出什么问题,只能说就是这具躯体老旧了,要将就着用下去,然而比起突然损坏了什么、胡乱长出了什么的人,也已经是幸运儿。有些事情你以为会先有个预告,但是并没有,轻的比如腰疼,重的比如肿瘤。当有些感受来临时,才会恍然想到,譬如:啊,这就是老花眼吗?而在年轻时,你怎么能理解老人们在冬天都那么喜欢戴帽子呢?冯美佳和小嘉,他们在听到坏消息时,也都行走如常,自己走进医院,走出医院,上楼下楼,让人对他们身体里发生了什么感到难以置信,连自己都茫然:啊,是真的吗?后来当他们感到痛苦时,是不是就像身体里面全都长满了溃疡那样?

人活到一定年纪以后,好像就很容易生病、死掉了。有人生病会让你最终失去他,有人一生病你就失去了他。但还有人是因为生病而突然冒出来的,比如冯美佳。

在慢慢反应过来以后的日子里,我会想,如果由我陪在小嘉身边,我能给他足够的支持吗?我自己能承受吗?我没有任何信心,我能强过他的母亲。他是知道我会这么想的吗?因为了解我是个怕麻烦的、会厌烦日常琐事和事情一直拖着的人吗?觉得我没什么用吗?在平时的生活里,也更多的是他关照着我。是不是和我在一起很累，他才生病的？我竟浑然不知。他大概是不想理我了吧。据说很多熟年的丈夫，也无从发现妻子早就有想要离婚的念头。我给他发消息，他都没有回我。我也不想纠缠不清，就等他找我，一直在等。

有时我会想，他会不会没有死掉？在世界上的某个地方，比如苏门答腊，灿烂的阳光和一道道棕榈树叶的阴影像老虎的斑纹一样落在他脸上，和那些老虎、犀牛、大象，人们认为已经消失了或是即将消失的动物，还有黑皮肤美少年，一起快乐地生活着。

这天我回到家里，把笼子门开着让兔子出来，它也不出来，我打扫了笼子，添了草和水，又发了一会儿呆。到了晚上，我下载了那个一直都知道的交友软件，填上电话号码，勾选了交友目的——"聊天""朋友"。关于自己体型的描述，选了"匀称"，我想，匀称在这里指的就是既不壮硕、也不消瘦，普普通通、乏善可陈。个性"成熟稳重""慢热"，想认识的人也是"匀称"，个性"慢热""轻熟"，说实话，在那些选项里挑选的时候，我已经觉得我应该把这个软件删了，因为明摆着我在这上面什么也不会找到。我看了一下上面的人，大多数年纪都很小。

更晚一点的时候,那个软件上有个人对我说"你好",我有点紧张,他说:"能看看你吗?"我说:"我很老了。"他说:"我也不年轻,互相看一眼。"紧接着,我就看见了他的一个正脸——不好看也不难看,非常真实普通的人——然后马上就不见了,取而代之的是"已销毁"三个字。我有点感激他,同时发现我一点儿也不想认识别人,至少眼下是,我觉得他很真诚,是我不太真诚,我感到很抱歉。我说谢谢,但他因为我不发照片而生气了。我把软件删掉了。

后来我跟其他朋友说了这件事,他们说我收到照片以后不回照片有违默认礼仪,只要他让你看了一眼,你就应该也让他看一眼。他们还说有空出来吃饭,我说好啊。

怎么这两天老是有别人的脸突然出现在我眼前。人那么喜欢让别人看到自己吗?

不过这让我突然想到一个主意,我可以装一个摄像头让冯美佳随时看兔子。这样我就不用规定她什么时候才可以跟我视频通话,她用不着跟我视频通话,在我上班不在家的白天,我已经睡觉了而她睡不着的晚上,她都可以用她的手机看兔子,甚至呼唤"乖囡兔子宝宝"。反正摄像头只对着兔子,兔子后面是墙壁。我觉得这个想法真的很不错,让我有点高兴。

第二天上午上班的时候我花了点时间找了一个可以自己去取货的网店买了个摄像头，午休时间跑去拿了一下，下班回家装好，把摄像头远程分享给冯美佳，她不会弄，我干脆打车到医院，帮冯美佳手机安装好那个智能家居软件，把我手机上已经关联好的摄像头分享给她，教她怎么开，于是她又看到兔子了。她感动坏了，我看得出来。我也很高兴，但我说你不要太激动，我是想你以后不要打我视频通话，视频通话那个声音突然响起来真是心惊肉跳，当然有事也可以找我。然后我很快就走了。我还想，你不要爱上我哦，我只是一个好心人而已！而且我的好心也只有这么多，不能给你什么别的支持，不想一直看着你每天挣扎受苦，不知道你会受多久的苦，你就自己看看兔子顶一顶，坚持住。加油吧冯美佳，如果你好过来了，我就去买只短毛兔子，我喜欢短毛的，你心里是不是有很多公主的梦幻才喜欢长得这么浮夸的兔子。

后来冯美佳没再找我视频通话，有时会发来消息，"零食吃得太多了！要多吃主食。""今天水喝得太少。""一直在睡觉啊。""睡醒了吗？"她看着兔子，把我当作传声筒，对兔子说着，顺便也说给作为兔子保姆的我听。但有时我一看到还以为是对我本人说的，有点吓一跳，又不禁莞尔。不知道当我不在家的时候，她有没有用摄像头上的麦克风喊过兔子、对兔子说过些什么，比如叫它乖巧一点，寄人篱下，今非昔比什么的。看到兔子的新笼子，她说："你对它真好，兔子比我福气好。"我听到别人说这种幽怨的话都会有点尴尬，只当作没听到。我也觉得新笼子蛮好的，很大，比一个五斗橱还宽还深，跟桌子差不多高，占掉房间一大块面积，里面有个斜坡通往二层，像个复式小公寓那样。如果是猫狗的话，可以跟我共用面积的吧，但兔子是割掉了我的使用面积，虽然不清楚现在一平米房子具体多少钱，这样看的话，养兔子还挺贵的。如果冯美珍的妈妈把她的房间租出去，每个月还能得到一些补贴，有的老年人会想要这笔收入，当然我是说以后。

冯美佳的消息断断续续，时有时无，宛若游丝，有时很久很久无声无息。我不知道她是不是在默默地看兔子，看我打扫兔笼，看兔子或我过来过去。有时我想对着摄像头说：冯美佳，你在看吗？就像人往太空发信号，宇宙沉默不语。也许宇宙已经陷入了昏迷，只留下了一只兔子。

有天兔子先是舔了我的手，然后跳出了笼子，蹦跳着，往四下探索起来，就像阿姆斯特朗走出登月舱后干的那样，同时也就离开了冯美佳的视野，我则很受鼓舞。因为没看见兔子，冯美佳找过我一次，问我兔子呢，我说兔子在跟我看电视。之后我换了一下摄像头的摆放位置，让冯美佳可以看到的范围稍微大一点，可以看到一部分客厅和厨房。"摄像头还可以转，你可以调它。"我告诉她，我想反正我最近也不可能跟人在客厅或厨房大干一场了，那么以后呢？我又想了想，我不太想觉得以后也不会了。然而总的来说还是这样：兔子跟我越好，冯美佳能看见它的时间就越少。后来，当兔子和我在看电视、陪在做饭的我的脚边、跳上浴缸又跳到马桶上的我的腿上的时候，我会想，冯美佳这会儿又看不见兔子了。但她没再问我"兔子呢"，不知道是没在看，还是不问了。

有几次，当我在想冯美佳怎么了，是不是昏迷了的时候，她的消息又突然冒出来。还是"最近大便好吗？""多出去玩玩啊"这种话，我已经习惯了，觉得就当是对我说的也可以。有时只有一个"唉"。另外还讲过两次让人有点心里一惊的话，一次说："讲出来你大概不相信，我以前谈过一个朋友，相貌也很好的，跟你差不多。"

我想了想回复她说："相信的呀。说不定跟我之前男朋友差不多好看。"

过了一会儿她说:"原来如此。你们这种事我懂的。比如说后来我只喜欢兔子,兔子也喜欢我,也不要人家来管。"

接着又补一句:"我看现在兔子也蛮喜欢你的。"

还有一次突然说:"你要么跟我结婚算了。我没想要你怎么样,主要是我还有点遗产,没有很多,但多少有一点,给我妈妈还不如给你,她也老了,也用不光。"

看到这条消息我有点受震动。不知道她妈妈对她有多不好。我不过帮她养了兔子。世界上对她最好的人就仅此而已了吗?还是说她还是对我动了感情……人到快要死的时候还会爱人吗?冯美佳有这样的能力,也很令我钦佩。我马上想说"你妈妈年纪也大了,妈妈毕竟是妈妈"之类的话,随即意识到说出这些人云亦云的话是多么容易。讲这种话不用动脑子,又好像能显得人好,但其实人并不好,连眼前的冯美佳都没去怜恤,却要怜恤她妈妈。何况我想讲这种话首先只是为了推掉她,为了我自己。我不要当满嘴这种话随意往外掉的人。但是我要说什么呢,我想来想去也没想出什么好的,只好说:"你要么捐给什么动物,你还有别的什么喜欢的动物吗?"我心里想,要么捐给和平公园的小动物园,那个男青年感觉还蛮好的,和平公园帮她做个抱着兔子的雕像摆在公园里，换掉一个夫唱妇随或者父慈子孝的雕像。我知道不可能，只是幻想一下。她说："我只喜欢我那个兔子。"我说："不过谢谢你哦，我心领了。我刚刚叫你捐给动物，有点草率，你一定不要急着捐，现在医学研究进展很快的，有可能过两天马上有什么新药出来了，钱就很要紧了。"

有天她还发来一张照片，是从高楼俯瞰下去，下面有个小人工湖，有亭子、曲桥什么的。我说你在哪啊，她说三甲医院不会让人久住，住在家里不舒服，就住在医生介绍的私立医院里。医院名字非常气派，我忍不住马上搜了一下，看看是不是正经医院，冯美佳别被骗了，结果应该是正经医院，就是好像很贵。顺便还看了一下从我这里怎么过去——好远，乘车倒不算麻烦，如果她叫我去看她我就去，如果她不叫我去就算了，我想。"就当在旅游，"冯美佳说，"这几年一直看人家去旅游，我养了兔子，都没出去过。"

我说："看上去有点像扬州。"

她说："外面像扬州，里面像迪拜一样。"

我说："人间天堂。"

她说："对的，护士态度都很好，真像人家说的白衣天使。"

她没叫我去看她。大概只是想让我看看她住在一个外面像扬州里面像迪拜一样的地方，身边有天使环绕，使我忽然想到她的一生中也并不见得只有悲惨。或者让我看看她确实还有些钱。我想，按照她的性格，如果想叫我去，她会说的吧。

我有时候会想，这也蛮像冯美佳已经死了托梦告诉我的。

这些人忽然出现，又忽然消失，像一团蘑菇，一棵树，一阵风，一个星球，和宇宙间所有的事一样。

一种动物不再出现之后多久可以宣布灭绝？五十年？

我打算把摄像头一直开着，开到下次我带一个人回家准备大干一场的时候再关。

也许冯美佳还会跳出来问我："怎么什么也看不见啦！"

我理解兔子为什么没有名字，因为它在冯美佳那里不需要名字，在我这里也不需要，名字是给外面的人用的。不过有时候我觉得，假如告诉我它曾经有个艺名，我也不会吃惊，因为它看上去真的很像一个头上戴着羽毛、身穿裘皮大衣的人，一个发胖了的老变装皇后，我还记得刚见到它的时候它看起来很落魄，像灯光昏沉沉的歌厅里响起的一曲歌——"人间风浪多，谁又能躲过",现在又寻回了一些些往昔的风采。帮它梳毛时,从它无比蓬松柔软的身上散发出旧梦的味道,它的鼻子里发出轻轻的噗噗声,仿佛追忆起看过的风光——诸如,当年在东南亚演出大受欢迎,还被一个橡胶业富商痴痴地爱上,但最后还是拒绝了他。它往地上一趴,两只脚往旁边撇着,世界都变得松软了些。我仿佛听见老兔子幽幽地说:"就是一些浮世情缘。"

(2020.12)

稀有的鱼

塞巴斯蒂安晚上经常要出去骑摩托。有时我问他骑到了哪儿，他会很含糊地告诉我说：就远一点儿的地方。我问他那里有什么。他会说：也没有什么。我想让他带上我去看看，有时他会愿意带上我，我们果然也没去到什么地方，只是离家远了很多很多，没有看到什么特别的事。我想这就像你不知道你闭着眼睛的时候苹果长什么样。有时我想跟在他后面，看看他一个人的时候去了哪儿，可是我们家里只有一辆摩托。钱都花在造房子上了，生活里还有很多花钱的地方。他在这儿一个认识的人也没有，除了我，除非他新认识了什么人，而我不知道，比如一个戴着防蚊纱网帽坐在河边夜钓的女人，她一言不发地坐在那儿，黑暗里的河岸上，开着一个蓝色小灯，就像一盏捕蚊灯。我本来还想研究一下他摩托车的油耗和时速，看看他的油箱，看他出去的时候是一直在开摩托,还是在什么地方停下来过,但我想到他也可以在那个夜钓的女人身边用一根管子把油吸出来一些,他用嘴在管子那头吸一口,当心别吞下去,然后把油倒进河里,我就没去费那个劲。有时我觉得他嘴里有一点儿汽油味。有时我好像看见河面上有一点五颜六色的油光。也许他只是自己坐在河边夜钓,而且每天都什么也没钓到。五十只蚊子围着头脸嗡嗡飞舞,让他获得了内心的平静。

除此之外,一切都好。我问他会不会觉得无聊,他说他很高兴和我一起生活。过去他待在家里,不怎么出门,摆弄电脑,在家附近的湖边抽烟,现在也差不多,但不抽烟了。他为我做饭,早上有时会煮咖啡。他很安静,我喜欢他有一点忧郁的样子。我知道他是我在所有人里找到的最好的人。于是我从储藏室的箱子里翻出了我的三根钓竿——一根竹的,一根玻璃纤维的,一根铱的,从前我可是个钓鱼能手——我决定在他出去骑摩托的时候到河边去碰碰运气。我知道这个季节的河里有什么稀有的鱼在游。上来透口气,我会对它说,上来透口气吧。

(2019.9)

下沉

心病这回事，小的时候有，到老还是会有。谁曾想过人竟然真的要在困惑或劳碌中度过一生呢。

曼玲小时候的心病就是觉得自己不好看，除此以外，她家庭和睦、衣食无忧、升学顺利，也并不会去想那些与自己眼前的生活无关的事情，对他人身上的恶与恶意都不甚敏感，所以没有别的烦恼。眼前的就是每天所见到的镜子里自己的脸，不漂亮但也不会因此不被人爱，但她认为那是自己缺乏吸引力的原因。在大学二年级升三年级的暑假，她去做了双眼皮手术，九月回到校园时生怕被人发现，悄悄告诉了宿舍里一个也很简朴内向的女同学，问她能不能看出来，对方说："看不出来。"她先是放下心来，随即有点气馁。不过她并不是个容易放弃的人，事实上她生性中有很坚韧的成分，譬如，当她交的第一个男朋友在住处无论如何都不开门时，她打电话找来消防局，用云梯敲开了他和另一个姑娘的窗子，并且在这之后和他继续交往了两年半，为他做了一次人工流产手术，请假从课堂上消失了几天，她年轻的身体也像她的神经一样结实，她又是那么淳朴老实的一个人，谁也没发现她遭了这样的罪。最后半年里，他们一起住在她找的弄堂房子的一居室里，她付租金、去工作、带食物回家给玩了一整天电脑游戏的他吃。后来她意识到这都是因为自己缺乏自信，而改正的办法是在手里有了钱以后，继续追求对外貌可能的改进。在结婚后的好些年里，她的脸被许多针刺过，为了让有的地方膨起来、有的地方瘪下去，或在很短时间里一下子制造二十万个微小的创口，就像每一次听到对方奚落时心上发生的事，好像有点痛，但可以忍；更痛的是激光，或超声波，或电磁波，大概是这些吧，被人用电动码钉枪或是味之素蛋黄酱瓶子一样的东西按在脸上，呜呜响着，呜呜呜嘀，呜呜呜嘀，也有的像电蚊拍打到蚊子那样啪啪地响，一代又一代，几千发几千发打进脸里，为了效果也许会更好一点，所有被问"这样还可以吗"的时候她都说"可以"，但她怀疑自己脸的里面已经被烫焦了，背上全是汗，臼齿说不定要咬碎了，咬碎了的话，还要去研究补牙的事；有时眼睛被放上两片蛋壳似的又小又薄的金属罩子，闭着眼睛仍然能看到一点儿透进眼罩和眼皮的红光，她又痛又害怕，但只能一动不动，紧闭双眼，对自己说"忍一忍就好了"。她用埋在脸皮底下分出很多叉、各带着成排的倒钩的线把脸悬吊在额角上，有点点像南浦大桥的感觉，做好以后，不知道是不是线埋得太浅、拉得太紧，她一想笑，里面的钩子就好像钩到了肉，在脸上扯出一个凹陷，还能听到钩子在里面吱吱响，然后她有一个月没笑。其实这些都没什么大不了的，对许多都市女郎们来说实属平常，她原本的脸型就是鹅蛋形，所以她没有对脸大动干戈，不过也许正因如此，她付出的所有努力都像当年一样，"看不出来"，别人通常不会想到她是一位经常出入医美诊所的女性，不过与其说是因为她相貌平平，不如说是她无论穿着怎样挺括的套装，还是从头到脚散发着朴实无华、温驯老实还有几分木讷的气质，性格严肃、认真、勤恳，好像这样的人就不会对外貌有什么执念似的，这倒是一种误解，不过她因为这样的特质，在学校和职场上都曾受到一些好评，被看作是听话而可靠的人。到她三十九岁决定离婚之前，也许终于发觉了尽是徒劳，或者也跟生育有关，她不再把钱花到医美诊所里，而在清迈买下一块三百八十八平米的地，造了一个二层小楼，次年竣工便带着她的女儿——一个三岁的、十分可爱的小姑娘一起住了过去，那之后，她也感到手头有点吃紧，房子像自己一样有诸多地方需要花钱改进，增添一间偏屋、装修厨房、做书架、拓宽门廊、搭遮阳篷，她每天监工，一样样来，辛劳和焦虑使她再次像学生时代一样终日感到饥馋交加，她吃个不停，零食和小孩的剩饭变成一团团脂肪从她本不算粗大的身架上鼓出来，显而易见的是，之前所有在外貌上的投入全都无影无踪、荡然无存。

二十七岁时，曼玲在当时新成立的国内第一家互联网电视传媒公司工作，像别的二十七岁女子一样，身上散发出新鲜又饱满的气息。就在那时结识了她的前夫，并很快结婚，辞职，跟随他去往南方，即他就职的互联网公司总部所在地。

前夫比她大几岁，二十世纪末交钱上的两年委培大专，毕业以后考公务员当了四年法警，业余在一家互联网技术类专业报纸上写一些不需要技术背景的游戏杂感类小文章，一到新世纪，他就改行进了这家报社，身为编辑工作了三年；离开报社到进入知名互联网大公司的两年间，像怀抱着企图心的在野武将那样仰观天气、嗅辨着风、四处游走活动、寻找机会，开过一个叫"天下创世"的公司，主要产品是网络游戏作弊器之类的东西；随后像那些有幸出生在某些年头，有一些才能而又头脑灵活、积极进取的人一样，他追逐到了那股巨大的上升旋风，在行业里占到了一个位子。他在大公司里待了四年多，后三年从内容部门调到了长三角地区的产品部门，做了几个产品都不成功，接着就辞职投入了移动互联网创业的浪潮。那一年，国内互联网行业获得了近四十亿美元的风险投资，比起上一年已经有点降温，也许可以看作是人们开始过上这种与手机关系相当紧密生活的第二年（也许世界末日指的是这个），走在路上都会听人谈起，每个办公室里都有人在想：也许可以做一个App，"只要找一个会技术的……"，从来没有这么多人在谈论天使。那一年他做了一个跟旅游有关的程序，然后卖了出去，虽然到消失也不怎么被人知道。之后就没有什么可说的了，说出来就像说一个人上班干了点什么一样，他总干了点什么，可那是什么呢？有人在网上说接到了猎头说他在找技术合伙人的电话，并表示疑惑，这么些年之后他没有一个能当技术合伙人的朋友吗？他在一篇文章中将他诸多产品都不成功的原因归咎于"全世界的同类产品都在走下坡路，时势变迁"，却将自己曾乘上时势扬起的浪因而获得了一些什么完全归功于自己。他又写了一篇文章来分析为什么从他所在的前公司出来的人（即他自己）擅长做产品，开头就写："说来惭愧，我只是个好的产品经理，并不是好的创业者。"然后你就想看看他做过些什么，发现都没听说过。你弄不清他这是虚张声势还是给心里发虚的自己鼓劲——好风似乎停了。但他经年累月一贯是这样的，每天在网上分析自己，实为夸耀自己，动辄长篇大论，"跟某某聊到……我认为……"——有人要听他的见解，且那见解值得让大家侧耳来听，"某某说，像你这样聪明、有趣……的人……"——假借别人之口鼓吹起了自己，没有比他更爱说自己有趣的人了，这大概是他的个人主页上最有趣的地方，"在感受力、专注力、抽象能力方面，我很少遇见对手，然后恰好喜欢'做产品'这种综合要求很高的职业。工作锻炼出来的才能，别的领域多多少少也能用上"，"几个最近见过我的人都说比自拍好看很多，然后相当聪明，稍微有钱，还算有趣，表达能力超群，并且有着强烈的个性，虽然不算是事业成功，也拥有不错的行业声望"，像这样的话，大段大段地，每天从他的社交账号发出来，你或许会想："怎么会有这样自恋的人！"但评论区只有一片赞颂，你只能非常偶尔地在别处发现这么想的人并不是没有，几个他原本的关注者——还对他抱有好感——只说了一点儿别的想法就被加入了黑名单，实际上他的黑名单里有一千多个人，他让他们的意见喑哑飘零、聚不起来，留下颂扬共鸣回响。他有三十万关注者，啊，中国真是人口众多。很多人觉得他是有才华的。他总能写那么多字，而他们的阅读能力可能刚到能读那么多字的程度，他用装模作样的语言、很浅的思路来分析那些没有意义的事情以及他自己，夹杂着庸俗民谣式的抒情，他热衷表达，言之凿凿，罗列一二三四，而且赚到过钱，有许多人希望从他那里获得行业经验和人生指导，就像他一直告诉她的：即使在你看来一件事情这么普通、一些道理这么简单，简直不值一提，但也应该去"向外输出"，因为还有很多人的认识连你觉得的普通和简单都赶不上。说白了，吸引那些更蠢的人——只要一直宣讲（使他们有机会听见），就能拥有信众。只要持续耕作，就能占有一席之地。即使是中国第十三亿蠢的人，也还有像全美国那么多的人在你之下，要做的只是找到他们。

曼玲也觉得他是有才能的，她被他那种自信和不容置疑的气势震慑住了，好像她像羊一样温驯，生性愿意顺从一个人、或一种意志，而且他赚到了钱，除此之外还有一点就是，他长着一双睫毛浓密的大眼睛，还总是说自己好看，她认为他是个她配不上的美男子。

他每次迁移，她都辞掉了工作追随他，还有一次是因为他说爱她，一共三次，那是电视台或报社里的工作，除了他还得到了一些股票，当时她的收入和他相差不多，当他奚落她一事无成，或别的一些什么时候，她会满腹怨气与不甘地说："我为了你放弃了……"这样的话说出来很不明智，几乎注定只会得到"我又没叫你为了我"的回答，"没良心"，于是她想，她的情没有被领受，她被辜负了。他发现原来她长着一张被辜负的脸，真是令人讨厌。"看着就让人讨厌，"他说，"你那张脸。"于是她就去做脸。他们去东南亚度假的时候，她一个人提着大包小包、推着箱子跟在后面，就像个女佣，而女主人还没出现似的。在海滩上，他被蚊子咬得大发脾气，怪她把驱蚊水落在了酒店房间里，她回去拿驱蚊水，他又怪她去了太久，快要把他渴死了，接着她再去给他买喝的……这样的事，根本令人惊异，但是能发生一桩就能发生一千桩，令人惊异的事时常在别人那里是十分自然的。也许连他都感到惊异，也许这让他忍不住想要更冷酷地对待她，想看看她能忍耐到什么地步，结果她全都逆来顺受，真是个没底似的软弱的深渊啊。像被摧残、打烂了还能继续行走的怪物，她那浅棕色的眼珠、胖鼓鼓的脚踝、嘟起来的嘴，怎么看都像怪物、恶心的可怜虫……他瞧不起她，从心底里觉得更讨厌她了。有一回她母亲给他洗了一个苹果,他说:"没削皮怎么吃啊……"听到这话时她的母亲也感到惊异,仿佛刚发现他竟是这样一个人,不禁多看了几眼这位听说挺有本事挣钱的女婿,她一点也没看出来他有什么好看的,相貌有点女里女气,嘴异常小,不叫人舒服,还有一个大得奇怪的鼻子,就这脸也要每年去美容医院花大几万保养,第一次见到这么爱漂亮的男人,又不是明星……让人有点不放心呢……但她们是那种惊异和不适距离离婚这件事很遥远的家庭,而且那时她的女儿没有工作,已经生了孩子,还得指望女婿……当妈妈的心里想。

如果光听她抱怨,觉得他只一味口出恶言,而她就是个受虐狂,是不公道的。他们有过美好的日子,躺在床上踢对方屁股的那种狎昵时光。他也不是一直都那么昂扬,他躁狂过后的脆弱消沉让她感到同他之间的亲密、互相的依赖、对他负有某种责任,他像幼儿一样任性、自私、残忍、脆弱,而她有许多母性的爱想要奉献给一个人。他又一直说"讨厌小孩"。

"他就是说说,没有人会讨厌自己的小孩,等生出来他就喜欢了。"家里人都这么说。就像他还说过不怎么爱她,他的妈妈和表妹也说:"其实他是爱你的,只是他自己不知道。他比他以为的要爱你。"她选择相信他们，毕竟相信他们，事情看起来比较好办，她会比较知道要怎么做，比如对是否要生小孩抱着一种听天由命的态度，任由他用那种明知根本不牢靠的方式避孕。然后她用怀孕验证了可能不应该相信他们，他坚决不要小孩，说如果生下来就离婚，加上她找到了当时的身体状况可能不利于胎儿生长的理由，手术之后她心灰意冷，上海冬天严酷的寒冷与阴沉映衬着她的心境，还有她这两年想找点什么事做但什么也没做成的失败——她想要跟朋友一起开摄影工作室，但事实上看不出来她能干什么，朋友是摄影师，自己做后期，单打独斗的效益显然更好，她也没想过去学一学化妆，只是从头到尾跟在一旁，也觉得自己有很多苦劳。她独自回到南方，去报社上班。在温暖的气候里，她的身心都再次迅速复原了，每天健身，变得苗条，吸引到了好几个追求者，但她一点儿也没考虑过跟他们交往试试——她还没离婚，再说他们也没让她动心。这时距离他上一次被幸运女神眷顾已经过去三年多了，他没能再做成过什么，干什么都不了了之，他就要四十岁了，想去做除眼袋手术，可以咨商的人居然走了——那个最忠实的追随者。他妈妈说："再也没有人会像她那样对你那么好了。"他觉得很有可能，尤其是还带着眼袋的话，虽然她在的时候他时不时地勾引别的女人，跟她们偷情，但他这会儿感到孤寂，他看见她在一千四百多公里外不再需要他，而且腹肌和腹外斜肌间都有了诱人的阴影，他开始呼唤："老婆你还是早点回来吧！"她就回去了，把养的猫给了朋友。他也对他妈妈松口说："要不就试一试吧，如果有了小孩就你和她带，我自己去旅行，听天由命好了。"于是她去做了试管，他去割了眼袋，然后她生了女儿，发现他真的连自己的小孩也不喜欢，也不爱她，继续出轨。小孩出生以后他还在网上写——"如果我有小孩就叫某某某"，"我向往的有小孩之后的家庭生活是这样的"，就像他没有小孩一样。他也不许她发布有关小孩的内容，他要维护他在网上的丁克形象。她终于跟他离婚，分到了作为一半共同财产的四百万。

　　唉，真是的，怎么净碰到不地道的人啊。第三次辞职回到上海时，她发现好几家报社和杂志社都在准备关门，就像她打算上邻居家看看能不能找到谁帮上点儿忙，却看到他们正在收拾东西准备搬去别的地方："亲爱的，很抱歉，你看眼下我们自顾不暇……"别人有别人的打算，她三十六岁了，已经没有什么靠投简历找到工作的希望，像谷物被风扬起又落下时掉到了外面，过去那些年做过的事好像没积累下一点儿有用的东西，要从头去找件事干。可是干什么呢？最后她想跟一个过去工作时有过接触的女人一起卖自制酵素。她可能比较适合上班，但真的不适合自己干点什么。什么也没卖出去，并且不欢而散。她觉得她那位生意伙伴糟糕透顶：她们的不少钱被花在付她亲戚工资以及存放烂果子和瓶瓶罐罐的房间租金上，但之前根本没说清楚会有这笔钱；还有同样作为不上班的太太，一边花着丈夫的钱，一边却嫌弃丈夫毫无情趣，和别人谈着有情趣的恋爱；用丈夫的钱与情夫去了印度一个月，回来写了一本七拼八凑、空洞浅薄的书——写的都是什么呀！写这样的书不脸红吗？曼玲忿忿不平。"你尽管瞧不起她的书，可你连那样的书也没写出来啊。"前夫说。"可是我根本不稀罕写那种书呀！"曼玲说。接着那个人就堂而皇之地自称起了作家，开了一个"灵性书写营"——就是建一个聊天群组，参加的人每天自己写，写好发到群里，收费三千六百八十块——然后一边卖茶叶，一边被人称作神仙姐姐。"怎么会有人要参加这种班！"曼玲愤愤不平，也是在那样无事可做的情况下去生了小孩。

正式住到清迈之前，她去看房子，带女儿去学校面试，住在一间民宿，庭院颇大，绿草如茵，最深处和侧边是当作主客房的两栋木楼，中间有个很宽敞气派的泰式柚木大凉亭，里面到处是木雕、靠垫、茶具、香炉和其他工艺品，主人就在这里点着香喝茶待客。女主人身材壮实，豹头环眼，头发剃得很短，粗短的颈后刺着青，常穿白布衣裤，胸前挂着佛牌，手上戴着天珠和蜜蜡珠串，喜欢说自己因为头发短，出去常被泰国人当成尼姑，因而受到了很多尊敬和礼遇。如果她心里有一点儿佛的话，就会觉得那是要下阿鼻地狱的罪孽，然而她心里并没有佛，她只当是泰国人傻，而她占到了便宜。其实她一点也不像尼姑，浑身散发着不吃素的气息，倒很像故事里假装念佛的虎精，她时刻准备着你可能对她身上手上或周围的随便哪样东西感兴趣，然后就告诉你那是个真正的好东西，有机会她可以给你介绍一位高人大师来把东西卖给你。如果你好像对什么也没有兴趣，你已经买了房子、没有小孩、没什么钱想花也不怎么想赚钱，她就收起热情爽朗的面目，对你也兴趣索然，像老虎看苍蝇一样。她躺在凉榻软垫上，想摆出清心寡欲的姿态，但很像吃饱了的老虎在养精蓄锐。曼玲一度相信她为她提供的帮助都纯粹出于热心，也相信她说的"介绍人来买房子给你提成"，但是她给她介绍成了几笔房产生意，她没再提过提成的事，其中有个人后来退了一套公寓，她很不高兴。她给曼玲介绍的包工头比别人贵不止一倍，她介绍的办签证的人对曼玲说，啊如果你介绍朋友来办签证，可以自己再往上加价，随便你加多少，曼玲没想到是这么个提成法，从朋友身上宰一刀，而不是从她赚到的钱里让出一点儿来，她觉得这些人都很不怎么样。曼玲想要不然自己来当中介，但因为没有代理身份的个人只能得到房地产公司很少的一点酬谢，她就想找假尼姑商量借用她的公司来办手续，假尼姑当即就变得非常冷淡。曼玲再向她咨询怎样能做房地产代理，她就十分不耐烦了。曼玲当时想，要赶紧打听一下怎么注册公司，但照顾孩子太忙了，疫情使学校停了课，她认识的可能买房子的人也已经都介绍给了假尼姑，她没有那么多客源，没有那么多房源，没有那么多精力，也就没了下文。不过后来假尼姑问她要小孩子的旧衣物拿去捐给山上的寺庙时，她还是会把衣服整理出来给她。假尼姑除了上山捐衣服，还经常发自己烧香礼佛的照片、儿童夏令营广告，以及整篇整篇偷来的别人写的文章当作是自己的。曼玲就是这样一个人，她不能很快辨识出那些会让她感到不对劲的人，感到不对劲以后也不会把这些人从自己的生活里撤出去。

如果她记性好，她还会记得大学班里有个女同学，很爱跟她做房地产生意的妈妈打电话，就在宿舍里唯一一台座机上打，没完没了地说呀说呀，大家都能听见她在说什么。她很想当学生会主席——那年头没人在乎什么学生会主席，只有她那么想当——可是没当上。过了几天，那个新任学生会主席——一个低一年级的女生——在校门外遇上了车祸，不幸去世，当天她就把这个消息在电话里告诉了她妈妈，第二天她又在那儿和她的妈妈说呀说呀，挂上电话，她可以说是喜气洋洋、眉飞色舞地对宿舍里的其他人宣称："我妈认识的那个大师说，她拿了不该拿的东西。"曼玲后来在别人提起时说她当时也感觉到了不舒服。但是当晚，那个女生在她的座位上"哐"的一声掀开她存放零食的饼干听圆盖子，问"谁要吃猪肉脯"的时候，曼玲有点儿不好意思地咧开嘴笑嘻嘻应声说"我"，从自己的座位上探身过去。

如果关于曼玲与前夫的相处再补充些细节，对认识她这个人和整件事可能会更有帮助。比如她前夫有时会赚到几万块钱外快，就会随手转给她，她都开开心心收下。她虽然有点硬邦邦的、笨拙、执拗、不会撒娇，也能干许多粗重活，但她并不像她自认为的那样独立刚强。

她有很多想不明白的时候，也就是说，可能比许多从不困惑的人要强。譬如，当前夫对那些努力钻营、但凭她受到的教育和朴素的道德感会觉得不太体面的人大加赞赏，并鄙夷她的碌碌无为时，她会怀疑自己是否应当抛开身上的"迂腐"投身追逐"成功"的激流。又比如，有一位她以前的同事，每天在网上发表愤世嫉俗的言论，仿佛来自她平静小院子之外的杂音，使她烦躁不安。同事的愤怒，显得不感到愤怒的她好像茫然无知、低了一等似的，给她带来一种说不清道不明的挫败感，啊，就好像是她一直默默努力在过的生活不值一过，她心里不痛快，就和对方争论起来，说："骂这骂那有什么用呢？不如做好自己的事情。如果不喜欢，就去改变啊，如果觉得什么都做不了，就努力离开啊。"结果对方一连骂了她十几句，彻底闹翻了，她能感受到对方强烈的怒气，但她十分困惑，后来的好几天她都会想自己的认知到底哪里出了问题：说做好自己的事难道不对吗？人不是只能做好自己的事吗？我也努力地生活着，难道有错吗？为什么会被这样对待呢？他凭什么好像居高临下地来指责我呢？她感到委屈，在清迈的房子里不住地犯嘀咕。

　　离婚以后她和前夫还是保持着紧密的联系，他生病请她去陪他，她去照顾了一年，到了清迈以后女儿仍经常要跟爸爸视频通话，她会开列女儿要的东西的单子，让他买好用物流运到泰国，他们的财产还没有分干净，清迈的房子他也出了钱，他们一起去买的

（但他不出半点力，脸很臭，她张罗一切，令人犹疑当不当问：先生有一起来吗？还是只有我看见那边还飘着一个人？）——来清迈其实是他的主意，他很害怕自己会孤独终老。他觉得可能会的，他也知道自己没那么受欢迎，跟不少人闹翻了，也没有碰到什么女人想要陪伴在他身边。他告诉她害怕孤独终老，像他嫌弃她的样貌和不喜欢小孩时一样说得非常坦率，令人难以抵挡，他一直对她说："我们还是一家人，老了以后也要互相照顾，我想作为家人照顾你们。"听上去非常真诚，他一直是实话实说的。"我现在对小孩还是有感情的，只是不像别的爸爸那么多。"他说。出于种种原因，她无法把他这些话当耳旁风，尽管她已经太知道他不爱她了，他们还考虑着复婚和一起养老。

然而这一天，曼玲四十二岁的一个春天，什么心病呀，困惑呀，好像全都过去了，她心里一下子空空荡荡的，什么也没有。那天，她在和前夫视频通话时看到了他脖子上的吻痕。"有心计的女人，逼他跟我摊牌。"她想。问是被虫咬的吗，他有点尴尬，说是的。结束视频通话之后她再问他，他就承认了，说他找到了真爱，可能要和别人共度余生了，出于推翻复婚打算的歉疚感、恋爱的极度喜悦和兴奋、对自己与新女友的能力的信心以及想要从此了断的意愿，他说他们共同的财产全归她了,也就是说,她一下子拥有了清迈、广州的两个房子,还有价值四百万的股票,这么看起来,比起钱,他似乎真的更喜欢的是追逐的快感、像冒险家一样狩猎掘金的人生,对钱也没那么在乎,倒可以说有天真、率性、仗义的一面。她又得到了一笔即使一直上班大概也挣不到的财产,而且就此不用再对他生出什么不该有的期望,可以放下心里所有的石头,过自己接下来的生活了。窗外的天很蓝,草和树都那么绿,邻居房子的橘红色屋顶也娇艳可爱,每座房子都圈在自己的小院子里,道路宽阔而宁静,不知道哪里的树开着什么花,路上弥漫着一片接着一片的香气,整个住宅区里都是香的,女儿去学校和上骑马课的路上经过美丽的高尔夫球场,越过那些棕榈和碧波般辽阔的平缓起伏的草坪,在天边尽头横卧着淡蓝色的山。"只可惜,之前的人生真是浑浑噩噩地度过的,完全没有人生智慧可言,"曼玲想,"不过最近几年开始活得通透些了,不至于一辈子都浑浑噩噩。"她领悟到的最大的道理,就是"人要自私一些",为了不让女儿像自己一样傻乎乎的,她一直给她灌输这个观念。她在家里转来转去、东摸西摸了一会儿,然后打开手机,对几位朋友说:"我和他彻彻底底分干净了,终于从内心深处感到了前所未有的轻松!"还不够,又到她常年闲置、关注者寥寥的社交账号上再发一遍。

不过，曼玲觉得靠这笔财产生活还是不太够。她和女儿的一年开销要将近三十万人民币，以后女儿学费每年还要涨百分之十左右，她给女儿买了一个每年十几万元的储蓄型保险，到她十八岁的时候，那笔钱可以提取出来付她的学费，从她十八岁开始就不用太操心她金钱方面的事了。四百万股票她希望至少五到十年内长线持有，看看能不能翻倍。广州的两套房子要留着准备养老，现在就靠一共八千块的房租过日子，而女儿还要骑马、浮潜、学钢琴和做精油按摩。你问她这么小的小孩为什么要做精油按摩，她会说之前她做过一次之后就念念不忘，说太舒服了，就总是吵着要做……"所以首要任务还是得考虑怎么赚更多钱，"她说，"我得赚钱，努力拼命赚钱。"在得到三个房子和四百万股票之后，她想要感到轻松、准备开始新生活之时，心里盘旋的是这样的念头，这就是她要展开的新生活。

住在这片别墅区的中国人有一个聊天群，群里目前有二百五十几个人，发布一些生活资讯，比如每天买菜卖菜，有人开车去市场帮大家一起采买，一起订购几家餐厅的外送，出售各种家庭制作的食物，出售二手商品，从房子、车到一个凳子、几本小孩的书、一瓶辣椒酱、一小袋薯片，上门维修、清洁等服务的信息，询问在哪里办各种证照，临时停水停电的通知，以及小孩的课外兴趣班活动，换汇，等等，有些人在这里还是想或多或少赚一些钱。曼玲不擅长烹饪，她是那种会在煮方便面时把撕开的酱料包直接丢进锅里一起煮再把空袋子捞出来丢掉的人，捞出来之前还用筷子夹着小袋子在汤里漂一漂，不知道是因为懒得慢慢挤，还是不想浪费一点一滴，或二者皆是，使她堕胎的男人都喝过这种塑料汤，如果他们自己动手煮方便面，或者跟她一起进厨房，就能避免这件事。她自己也吃，一次煮两包面，吃的时候捞成两碗，汤分倒进两个碗里。她觉得自己或许可以去教小孩。"不过教什么呢？"负责办课外兴趣班的乔伊爸爸说，"我们来想一想……"她说自己本可以教写作，但上国际学校的孩子们都用英文写作，她教不了。最后决定教表演。以前上学时的确上过必修的表演课，虽说教学上并没有按培养专业演员的标准来要求，而且她在班里也是很不起眼的那个，没有什么同学找她配合完成自己的作业。但是，国学老师难道就懂得什么国学吗？寻找有缘人的情商绘画课又是什么东西？"到时候让他们排个《雷雨》！家长会很高兴吧，哈哈哈。"乔伊爸爸说。曼玲也笑："哈哈哈。"

连四岁半的女儿都看出了曼玲的情绪不同于往日，她问："妈妈，我觉得你这两天特别开心，为什么呀？"她说："因为你爸爸找到了真爱。"女儿当时没有怎么样，没想到到了晚上，她对一个来家里吃饭的小朋友的妈妈说："阿姨，我能跟你说件事吗？我爸爸找了个新妈妈，他不要我了。"说完就在饭桌上捂着脸呜呜哭起来，越哭越伤心。曼玲顿时觉得自己这两天那么欢快都对不起女儿，充满了罪恶感。

女儿在痛哭，而他在热恋，曼玲气愤不已。即使他不坦白，她也会在网络社交平台上看见他在热恋，热得他的页面都冒烟了。他本来就表达欲旺盛，鸡毛蒜皮的感想都要扩展成一篇作文，此时岩浆般的滚滚心潮又怎么能不喷薄而出，加上不可抑制的沾沾自喜。他一天要发数篇作文，接吻上床统统都写。"我喜欢的类型从来都没有变化过。从二十岁开始，我就在人海中寻找今天的你"，"现实中真正吸引我的女人的特质，就是干练聪慧、独立勇敢、活泼有趣、才华过人"，"我虽然第一眼也看脸，但更在意的是头脑、才华、个性和人生经历，而我自己在这方面也有过人之处，势均力敌是如此艰难"，"我在三十七岁之前都算是蛮清秀的，但回不去了，所以剪短发、擦发蜡，变成风格不同的另一个人，比三十七岁更聪明、更有才华、没那么好看但也还算好看的另一个人","莓小姐上午说,她喜欢我的原因是喜欢我的个性,又任性又单纯又贪玩,一点都不像中年人,头脑还很好,至于我在专业领域的才华和影响力,有那些当然好,没有的话就没有呗,都不是她最看重的东西","我还有远胜过往的头脑、才华,以及叛逆的少年心","她觉得我真人比头像好看多了……四十多岁,又任性又单纯又贪玩又聪明的男人,那不是只有我嘛"……在这位在下坡路上已经走了很长一段时间、曾因事业低迷而抑郁哭泣、十分焦虑、四十五岁的产品顾问面前,天空仿佛豁然打开,向他展现了生命之光、欲望之火,使他无法不对天呼号,而那位莓小姐则在第一时间回复他的每段话,她说:"爱你就像爱生命!"

莓小姐在自己有四万关注者的账号下也要每天发许许多多条内容,张贴他写给自己的情书:"热恋像夏天的热浪,而我是夏天的蝉,向全世界大喊大叫:'我恋爱了!'蝉在地下生活了十六年,而我等了你十七年"——有老婆的时候也在等她,很多人留言说"文笔真好""太感人啦"。她分享作为年过四十的离异母亲获得爱情的故事,说自己出生在贫困山区,高考复读三次,从一无所有到凭着努力成为了如今年收入七位数的成功独立女性,从卖健美裤、红枣、花生糖、陶瓷刀、美容油、仿名牌包和衣服，直到现在卖一个让人自己绝食来变瘦的减肥聊天群组和一种没人听说过牌子的护肤品，主要是最后这样东西让她发上了横财，那个减肥聊天群里也在推销这个，她就像是世界上的另一个他，每天用再生塑料味的语言大书特书肤浅的见解和庸常的感受，用与别人的对话谈论自己，把一些基本常识当成是表明有知识的装饰物，拾人牙慧，引用一些名句却不伦不类、不知所云，循环地吹嘘自己，到了形成自激啸叫的地步："我能走到今天"——夸自己的成就——"绝不仅仅是靠运气，而都是因为我过人的努力和头脑"——夸自己的素质——"所以我今天拥有这一切"——再夸一遍成就，很难不让人想问："今天你是走到哪儿啦？"她会再次告诉你，她年收入超过了百万元，除了卖护肤品，还有她的"七步成交法销售力训练营""从零到年入百万副业收入"，海报上她身穿套装，露齿而笑，像他从小梦寐以求的那种姑娘，一个女冒险家，海报上的文案有语法错误。那个护肤品功效全能，没有任何成分介绍，号称"由国际一线化妆品配方师及其技术研发团队研发"，价格与高端世界名牌相当，只通过直销售卖，唯一能看到的用户评价是一张她与一个貌似顾客的人在私人聊天工具上对话的截图。在她其他讲述自己白手起家、劳苦功高的作文里,她又说那时"没有产品说明,所有的成分自己去查,所有的文案自己去写",看起来那个技术研发团队——如果存在的话——连成分都没有告诉她这个一人挑起广告与销售工作的同事。"销售力训练营"课程为期两天,每天六小时,收费九千九百八十元,她贴出了与一名报名者对话的截图。报名者问:"多少钱呢(捂脸表情)?"她回复:"9980。"报名者说:"有心理准备,也还有点超出预期(捂脸表情),我考虑一下哦(笑出泪、害羞笑)。"她转发一篇过去自己写的文字:"昨天发了线下沙龙的内容之后,很多网友跟我说想参加,但当她们听说价格之后退却了……一样东西贵不贵,全看它在你心里的价值,我舍得花二十二万去学习,武装自己的脑袋,永远不会错。"很快报名者说:"好,我报,对于目前一片空白的我来说,第一次接触大咖的机会,去学习。"她:"值得的。"报名者问:"这里直接转账给你?还是转到你银行卡?"她回复:"直接转给我吧。"完成转账收款,她说:"好哒!"报名者说:"这个价格现在对我来说是笔大开支,超过我的工资暂不谈(捂脸表情),从小城来到省城的各种适应中,但,我相信你说的,看未来,看价值!"她回:"你真的超棒,而且让我很感动。"她又回:"我的工作室在……你可以约我下我们聊聊，我帮你理下思路。"报名者说："好！我超喜欢你！未见人只看字！你的日程都忙，我工作日常琐碎，只有下班后有时间。平常我四点半下班，我可以根据你的时间空隙来安排（玫瑰，玫瑰）。"谁会看不出这里发生了一个悲惨的故事？一个羞怯的、来自小地方的姑娘，涉世未深，说话也不怎么利索，将一笔对她来说相当不小的钱交给了她心目中的大人物，而那装模作样、冷血贪婪的家伙眼睛也不眨地收下了愚昧的穷苦人的贡品。多么熟悉的情节，谁没读到过这样的故事呢。但莓小姐把这当作对其他人的鼓励和示范，连同那位县城女性接下来怀着虔信写给她的长信都张贴出来，原来那位姑娘并不年轻，四十岁，赶在招聘年龄截止前从苏北老家来到省城当了一名小学数学老师，和丈夫两地分居，背着省城的房贷，不舍得买三十块钱的蛋糕和比较贵的水果。"我对自己说，是老天眷顾了我，让我在这个年龄还有机会来到省城，看到这个世界的不同……多年的教学生涯，思维多少是固守单一的，但我内心想改变，愿意改变，我觉得我是一个真实善良的人，我向往美好，值得他人信任……偶遇莓小姐，我选择信任，选择去看风景，我希望能加入莓小姐的团队，在这个团队中自己可以有新的成长，让人生多一份体验，多一份意义。也坦白说，希望在自我成长的同时能够赚钱，让生活不那么窘迫，能相对自由生活。"真是个悲惨的故事。接下来她又花了两千五百块购买全套的护肤品自己用，"边体验边学习它的知识，让自己从多维的角度来认识它"，她想成为代理，"既实现自我成长与升值，也能把更好的国货产品分享给更多的人，让我们的国货品牌也熠熠发光"，而成为代理要自己买下八千五百块的货，再设法把它们卖出去，那时她会发现，没有一个城里姑娘会买它，她们和她这乡下姑娘原先一样对它闻所未闻，她的生活会变得更加窘迫，或者设法让她的苏北亲戚、朋友、老乡们买下它们，或者把他们也拉下水。莓小姐只要动一动手指把那些指出她的无耻与残忍的人都拉进黑名单就好了，太方便了，然后对着剩下的观众说："看啊，看别人的觉悟和果断！你还在等什么呢？畏缩不前只能留在原地，你到目前为止的人生都那么不得意，就是因为你一直那么畏畏缩缩，你又要被落下了。"你看不出来究竟有多少"原地"是求职无门、下岗失业、工资很低工作又没意义、当着叫人气闷的家庭主妇、产后抑郁、走投无路、找不到人生价值、恨不能出人头地的人被打动了。据莓小姐自己公开说，她的团队有四五百人，她两年不到赚了七八百万。她也给他看过她户头里七百多万的数字，不知道是在恋爱的哪个环节发生的这段叮当作响的小插曲。

产品顾问知道他的新女朋友到底在干什么吗？实际上他常常表现出对现实生活非常无知，比如有次接到诈骗电话信以为真，想要按照对方的指示去做，还对叫他挂掉电话的曼玲生气，幸好最后还是被曼玲制止了。他对人的认识也常常是通过一些非常表面的、直观的信息，一个多次表示自己爱学习的人比不表示的人好学，一个人时常写一些心得体会就是善于思考的，会涕泪交加下跪哀求他不要离去的女人是最爱他的，诸如此类。如果贫苦的女性在他面前哭诉她因代理护肤品而被卷入的不幸，也许会唤起他的恻隐之心。但他看到的是她在亮堂堂的酒店大会议厅里开分享见面会——见面会，仿佛她是个什么明星似的——衣容光鲜，神采奕奕，下面坐着的人满怀热望地认真听着，结束后还要上前跟她握手、合影，她在帮助她们！他打心眼里为她感到骄傲，看她多优秀啊！不知道他是不是一向不太懂事情背后运行的规则，能不能想到只需要一个学员的学费就足够支付租场地的费用，产品经理又是一种什么样的工作，是不是互联网公司为回报社会而设的福利岗位。他没听过那个一百年前就有了的笑话吗？街上有人在卖书，吆喝着："一元一本！

致富秘诀！一天赚一千块！"张三上前买了一本，走开时听见那人喊："一元一本！致富秘诀！一天赚一千零一块！"今天，打开那个他常去的最大中文互联网问答社区，仍会在很醒目的位置看见无数条"投入不到万元，我靠卖网课赚了五百万，月入过十万"。你可能还看到过电视台有一个《致富》的节目，总是这样的标题："三千元起步，穷小子凭啥获得爱情和财富""农民靠种这种东西，一年卖出三个亿"。总是讲一个人，身处逆境，通过发展一门养殖业或投资一项技术，拨云见日，翻身发财，最后说快来加盟吧。电视台还有其他像这样以专题片形式出现的广告，摄制组的机票、食宿都是被采访对象掏的腰包。她就是那样一个"致富经"女孩儿。也许他就是完全被她迷住了，毕竟，在漫长的十二年里他都和曼玲那样的人在一起，他可能认为她就是一个销售奇才，一位直销大师，像那些拥有号召力的卖货名人一样。他还叫他一直很爱护的表妹去听一下分享会，他可以帮她出成为代理的八千五百块钱。但也不必高估他的正直，正直从来都不是他看重的品质，他对不幸学员的恻隐之心不会太多，因为他讨厌"蠢人"、无能之辈，像曼玲那样的，钻空子是一种本事，他觉得，"只要不违法"。现如今不是到处都是这样的生意吗？托互联网的福，从缺乏知识和资源的、贫弱的、迷茫的人那里赚钱，这更容易，把毫无益处的少儿教育课程卖给焦虑又不知所措的父母，从手头紧巴巴的人手上掏钱，以书本上百倍的价格给人讲书的梗概，把画卖给未成年人而不是贵族、银行家或者游戏厂商，那些有见识的聪明人，不用在乎他们，他们有什么用呢？要取悦他们、从他们那里获得赞赏是如此困难，并且他们知晓事物的价值，或者说，在过去那个世界里的价值。你不能指控那些人在干不法勾当，欺诈什么的，买卖是自愿的，他们在各地注册了公司，他们和他们的维护者会说他们的收入都是凭本事挣的劳动所得。莓小姐就为自己辩护说："我靠自己的能力年收入七位数，我为我代理的品牌写了两百多万字，请问谁能做到？如果不是热爱和坚持，如果不是产品好，我会花这么多时间成本？我赚的是稿费，是我每天花五六个小时用于分享和输出的稿费，谢谢。"两年赚七百万的稿费？这是什么文豪，但有许多人认为只要成交就是合理的。你只能追究她是否偷税漏税，这倒确实多半是有的。如果有人变得很可怜，那一定是能力不够，为什么我女朋友可以成功而你们失败了呢？产品顾问想，无疑是能力不够，而能力不够的人不值得同情，甚至该为这样的淘汰机制拍手称快吧。

他其实也可能快要被淘汰了，他自己知道，他对曼玲说过担心会再次失去工作，如果这次再失败，他在互联网行业里就再也没有机会了。莓小姐不了解这些，他是她从卖健美裤的一路走来所能接触到的最像成功人士的人。她是从网上认识他的，他在网上总是说："最近五六年，我的实力一直在金领阶层，剩下的都是机缘"——意思是其实一直混不好；"我拿到了现在的权力和身价"——四五线子公司里的一个虚职，头衔发生了一点儿变化，开季度会时级别不够，没有发言资格，但他说——"帮忙做产品顾问"，"我说这个好，千万别给别的title，我自视甚高，不想加入title与薪酬攀比大赛"——没有人想给他别的头衔；然后他夸了一番现在的公司，说他讨厌去大公司——其实以他的资历也去不了；"这几天跟搭档的PM说，你现在和我配合，运气真的很好，不仅仅言传身教，还因为我现在是最好的状态，比做××和××的时候胜出50%"——两个失败的产品，零翻倍还是零。她识破不了这些，认为他有钱有地位，还有才华，因为"他能和我一边聊天一边从聊天中获得信息，飞快地整理总结成微博，并且篇篇高质量。比如前天我们在一起一整天，他发了二十几条微博，好多条是一边和我聊天一边发的（我真是给他提供了源源不断的灵感和素材）。而我和他的聊天，虽然也可以发微博，但一般要过一段时间（比如一两天）才能写出来，并且也没有他那么高质量。这是他无人能匹敌（我认识的人里）的天赋"。另外，她不知道他把房子和股票都允诺给了前妻。

曼玲通过他们的社交网页、前夫本人、他的母亲、表妹和上一段关系的女伴，其他在网上围观的女性朋友们获知他们的事，并不惜参与了进去。是表妹告诉她他要替她出八千五，她以公司对职员私人社交账号监管很严、不可能用来从事副业为理由拒绝了，她说："嫂子，你要警觉。"曼玲喜欢听她这样说、叫自己嫂子，这表明她当她是自己人，她的付出有人认可，她的好有人懂得，她有责任阻止他误入歧途，她有权力甄选她的继任。他的母亲——她们平时也经常通话，曼玲会给她发女儿的照片，她会对曼玲说他永远是孩子的爸爸——告诉她，那个莓小姐花钱好厉害，据说穿的都是有名设计师专门为她量身订制的衣服，从头到脚花费都很大，还花了五万块钱整牙齿。"以后一见面显得我好破烂，我不喜欢这种。"曼玲觉得这是对朴素的自己的肯定，她说："只要她对他好就行，我是真心希望他幸福。"她的女朋友们发现莓小姐发的"某某昨天发我用了眼霜的前后对比图"，她去年十一月时用过,也是"某某昨天发我的";她之前写的都是"高速服务区点几个菜要一百四十三太贵了,在南京只要六十"。"好像没出过门似的。"女朋友点评说,"去年九月还住在寒碜的小旅馆里,现在会写昨天吃了一千八一位的日料,但是呢因为没吃过好日料,说不出一千八一位的日料好在哪里,评价只有一句:'很新鲜,很赞',拍了九宫格。"她的女朋友说:"他请她坐了商务舱也要写一写,国内短途,是连夜去搜索了'怎样不让别人看出自己是第一次坐公务舱'吧。"他的上一个女伴唐小姐,是他之前的下属,也是一位四十岁的离异女性,疯狂迷恋着他,把他的名字纹在了身上,也为他堕过胎,之前就一直叫曼玲"姐姐"。她告诉曼玲:自己和他在一起时,看到了莓小姐给他发裸照引诱他。天哪!多么无耻!曼玲心想,我要把这事抖出来!

"如果她是个好女人,我会为他开心的,"她说,"可是……如果最后他因为那个女人弄臭了名声——万一有人进了很多货卖不出去又退不了货,真穷到没饭吃,闹个自杀也是有可能的——对女儿也不好。"所以她要提醒他看清那个女人。女儿越来越喜欢爸爸了,每天都要用她的手机给他发信息,她不知道这是为什么,他都没怎么陪伴过女儿,而且常常会买来不是女儿想要的玩具，就像是个会出错的许愿池，你对他说想要什么，结果寄来一个包裹，拆开一看是别的什么，但偶尔会是你想要的那个，非常稀有，这就是手机游戏里的抽卡、一年前在港股上市的盲盒，大人都会上瘾，小孩就会每天找爸爸，每天练琴也是为了弹给爸爸听。她现在学会向他要钱了，她对他撒娇，他就给她一百块，她说还要一百，他就又给她一百，然后她就让妈妈用爸爸的钱带她去做精油按摩，现在她怕爸爸不要她，怕得做噩梦。曼玲对人说女儿现在心里压抑着许多痛苦，有人劝她先哄骗着女儿，也有人不认为应该哄骗，也不觉得那是个压抑的、不善表达的孩子，女儿已经很会直接说她想要什么、感受如何了，但别人哪有母亲了解自己的孩子呢。她听从了劝她哄骗孩子的建议，和前夫商量说对女儿假装他们没有分开，只是吵架，已经和好了，前夫接受了。当晚，莓小姐就发了一篇很长的作文，说自己离婚、恋爱都会如实告诉女儿，"不欺瞒自己，也不欺瞒别人"，产品顾问还转发了，表示很认同。曼玲看见了气得不行："她存心让我看见吻痕，写这种东西，心机太重了，还有她预料到她干的好事会被抖出来，就抢先发了照片。"莓小姐光明正大发出来给大家看的性感照片是请专业摄影师拍的，并不下流，还挺好看，另外她还写了一篇"我爱锻炼、不断提升自己，不工作、被养在温室里人会变成废物",曼玲没有对这篇作出反应,可能没觉得在说自己。他怎么就这么一头栽进去了,爱上这样一个女人,居然看不出她谎话连篇、工于心计,令她痛心,她告诉前夫的母亲莓小姐的生意不正当,前夫对母亲说那都是合法的,再说曼玲之前不也卖过假名牌和家庭作坊做的酵素吗?她又凭什么说别人卖假名牌不道德呢?就凭她卖不出去吗?他给莓小姐打了一个比他历任交往过的对象都高的分数,莓小姐很荣耀地告诉大家。曼玲快气炸了,她斥责他将恋爱事无巨细地张扬到网络上,根本就不是一个有教养的人的行为:"你们那样,以我现在的心态,正好是这些年最洒脱最自信的时候,所以并不在意。但是,你有没有想过……你有没有考虑过我的感受?为什么不懂得设身处地为别人着想?她是多有信心我心理健康不会生气不会抑郁不会抱着孩子自杀?怎么一丁点同理心都没有?你真的一丁点不为我的心理健康和孩子的心理健康考虑吗?你不知道我们之间有好些个共同的朋友吗?别人问到我脸上,我都要笑着说,我不清楚,而且我真的替他高兴……"这样的话一口气写了长长的八、九、十大段发过去。他没理她,他在庆祝与莓小姐在一起一个月。她跑到他的评论区骂他不顾女儿,被他删除评论并拉入黑名单。她只能在自己的页面上愤然说:有人不配为人父母,并像过去偶尔会的那样,深深后悔没有把自己经营成关注者众多的小网红,自己在他的人生里,或是人间,似乎都是那么没有存在感。

同时,因为这场恋爱,产品顾问的黑名单里又多了上百人,包括那些没去他那里评论、远远地嘲笑着他们的人。一个人终日拿着大喇叭不吝宣扬着自己私生活和职场经历的点点滴滴还有一种狂妄自大,然后又狂躁不安地走街串巷,挨家挨户地从别人的院子外边、窗户缝里偷听是否有人把他当作笑谈,听到就气急败坏,堵住自己的耳朵,就是这样一个滑稽的人。莓小姐声称自己只拉黑了一百多个人,要向他拉黑一千多个人学习,假装她不深谙此道,其实只不过没那么多人关注她罢了。他们每天共享黑名单,也由此产生了更多戮力同心的情感。一些被拉黑的人在别处说上了话,一些人发现了曼玲,汇集到了曼玲的评论区,曼玲也开始勤于更新主页:跟女儿一起跑步、看树、看花、去海岛旅游、做饭、陪女儿骑马、弹钢琴、看书、母女对话("书才是最好的财富",背古诗词);与朋友对话("不问前程不问结果,只要此时此刻"),品鉴榴莲,悠然享受着平静美好的生活,还"心无旁骛专心搞事业"(要跟别人一起写剧本的对话截图);转发女明星涉嫌偷税漏税被约谈的新闻以及他人的评论:"《朱子家训》:'刻薄成家,理无久享;伦常乖舛,立见消亡'";转发别人摘抄《樱桃园》里的话:"只要稍稍做过一点正事的人,就能够懂得,这世上诚实和规矩的人可实在太少了"。就转抄到自己那里,虽然没读过《樱桃园》,但她深感与契诃夫有着强烈的共鸣,她如此不幸全都是因为自己正直诚实、与世无争。而她的儿童表演课只上了一次就因为疫情再度严重、公共场馆关闭而不了了之,也好,她想,因为其实也想不出要怎么把课上下去。

她越来越快乐不起来。她慢慢反应过来了,感到了疼痛,许许多多摆在眼前的具体细节也逐渐补充和丰富了她之前凭着十分有限的想象力所能认识到的弱小枯干的事实。那个女人只比她年轻四个月,和她一样,离异,带着一个女儿,比她的女儿还大一点,脸长得一点儿也不美,甚至可以说有点儿丑,但她涂着鲜艳的口红,露着十颗牙齿,笑口常开,神采飞扬。她越看越感到自己被深深地伤害了,她看见了他爱起来是什么样,才知道他真的一丁点儿也没有爱过自己,莓小姐是他一直以来心之所向的女性——跟她一点儿相似之处都没有——精明、机灵、活泼、能干、积极、大胆、果敢、行动力强、充满斗志、野心勃勃……以及有着一个漂亮的屁股——从性感照片上可以看到,身材姣好——那是坚持健身的结果，她还有意志力。到这时曼玲仍不甚明白。她说："他的审美向来奇特，他觉得那个人美，却一直觉得我很丑。"然后再写女儿对自己说："妈妈可是我觉得你好看。"又贴出别人说她像两位韩国女演员、一位日本女演员的对话来。她不明白，她脸上令他厌恶的从来都不是五官或形状，而是那种时常出现的呆滞、空无一物、缺乏生气的表情，那种浮在脸上的无聊、琐碎、庸碌、怠惰与茫然，像湿泥散发出的沉闷空气，她皱起眉头将自己的软弱无能怪罪于他人的愁苦、笨嘴拙舌、哎哎叫唤、讲话时附带的嗯嗯啊啊的语气词，还有她出于某种无可填补的匮乏感购买的多得她自己也收拾不了的堆积如山的衣物，以及给他带来的经济压力，还有别的什么压力，全都令他厌烦和郁闷。他说和她住在清迈："像棺材一样。"她会令你在某一刻恍然大悟，为什么他会没完没了地说"有趣"，说他自己有趣，向往有趣的婚姻，说得如同没有婚姻一般，因为他确实不曾拥有有趣的婚姻。你会理解他被她全部用双相情感障碍来解释的恼火和忧郁，也能理解当他心情好又萌发许多温情和怜悯时，会愿意带他的妻女去旅行——他不是个坏人，她也不是，她们是依赖着他的家人，像两只头脑简单的小动物，他想负起责任来。你会同情他，理解他怎么就这么一头栽进去了，像溺水的人抓住了生机，终于大口呼吸，并祝福他在新的恋情中复苏他在那十几年里渐渐萎缩、几乎要被闷死的感情世界。曼玲不能清楚地看到这一切，这一切在远处，隔着尘霾，朦朦胧胧，她能感到的只是那一大团令嗓子眼儿发堵的包围着她房子的尘霾，就在落地窗外，即将从门窗缝涌进来。清迈人又在烧山了，她心烦意乱，春天总是这样，天蓝不了两天。她站在餐厅里，看着外面的草坪，心想，有钱的话真想把草坪全铺上水泥瓷砖啊，现在已经铺了一部分水泥，但不铺瓷砖还是不太行，老是下雨，水渍多了就开始长青苔，其实也费不了太多钱，可是找人来干活又要折腾好久，有点烦。草长得太快了，一个星期就能没过脚脖子。买房子的时候想象女儿能在草地上奔跑玩耍，结果很快发现在离人这么近、面积这么小又很低的草里竟然有蛇。有个大白天，一条蛇在她院子门口逗留了好一会儿。就在前几天，她从墙角走过去的时候，瞟到好像有条咖啡色的布条，转回去一看是条小蛇，物业的人帮她把蛇赶到了对面的下水道里，他们通常不打死蛇。之前除草的工人在她的院子里一下子发现了两条蛇，赶走了一条，还有一条在她妈妈的坚持下被打死了。一年半以前她妈妈来这里住过，那时是雨季，门前台阶上、充气泳池里都掉着许许多多蚂蚁的翅膀，她们站在自己的院子里，看见住在对面的一个爱尔兰男人经常从房子里出来干活,他可真爱干活,不是洗车就是除草,或者晾衣服、倒垃圾,总有点儿什么干的。他是别人的丈夫,头发虽是白色的,但脸看起来不怎么老,你看不出这些白头发外国男人的年纪,如果他抬头看见她们在院子里,就会笑着打个招呼。更多时候她们就那么看着,从房子的深处、光线很暗的餐桌上、穿过玻璃和纱门看着他,总是有那么一小会儿,她们心照不宣地陷入沉默,心里涌上一些羡慕,有时妈妈忍不住开口说:"外国男人还真挺爱干活的。"过了一会儿又说:"以后你再找也要找个爱干活的。×××连个垃圾也不倒。"她们看着那个男人,像看着一种没能拥有的生活。物业把蛇赶到他那边的下水道里去了,她想。蛇也挺可怜的,没有地方可去,都因为造了这些别墅,卖给外国人住。

一段混乱的时光朝她涌来。她为那些来到她评论区的网友们建了一个群,用来交流感想、分享资讯,十一个人进了群,后来多到了十四个。她想听别人说莓小姐以前还干过哪些寡廉鲜耻的好事,想听别人说莓小姐的坏话,想让他们在网络上发起讨伐,她还有满腔不甘不平想要倾吐,想让大家评评理,还她一个公道,就像来自他母亲和表妹的肯定,每当听到"他不爱你是他的损失"的时候她都感到一阵安慰,犹如镇痛药物带来的幸福感：公道自在人心。还有，有人听她说话的感觉很好。他们中有人先前是产品顾问或莓小姐的关注者，买过莓小姐卖的东西，现在成了她的支持者，她们站在她这边，为她出谋划策，天然地支持着所谓的"原配"，哪怕离婚已三年，莓小姐也是介入他人家庭的坏女人，她们鼓励她去向前婆婆揭露莓小姐的真面目——她在她前夫刚从一家计算机通信和其他电子设备制造业大公司离职创业时逼他买了房子，六十万首付中五十万是借来的，他身无分文、没有固定收入，只能用信用卡透支来还房贷；她对女儿非常悭吝，不舍得买微波炉，让她吃冷南瓜；她养了一条狗，养到一半说没法好好照顾它，扔给了别人；她在网上说婆婆的坏话，卖的所有的东西都是暴利，是一个自私自利又小气的人……曼玲说："她也有点我没有的优点……"她们说："佩服你，优秀，格局真大。"曼玲说她有一个迂腐的爸爸，从小教她要善良、诚实，做个好人，导致自己太单纯了。她们说："所以你也会教出一个纯净的小孩。"她告诉她们自己是个编剧，她们说："哇！好厉害！"接着曼玲又说，因为自己不爱张扬的低调性格，所以她没有在任何作品上拥有署名，"特别怕别人知道剧本是我写的，所以连名都不肯署，跟投资方说只写老编剧的名字。我这种性格就是很难获得世俗意义上的成功"。她们说："是的！我们的性格真是太像了！"又说："远离是非挺好的。"曼玲觉得被人理解了，她告诉她们自己和产品顾问有感情基础，旅行时合拍，爱好上一致，大多数时候相处融洽，本来打算观察他五年，再考虑是不是复婚，又说："我真正决定了的事情是从不会反复的，我的问题是我比较难下决定，但决定后都不会变。"在这十几个人里也有人理解不了为什么她花了十几年还没决定要不要放弃一个明摆着不爱她的男人，还有她的决定跟事情的结局有什么关系，好像她还能为争取到她从来没得到过的东西再做点儿什么似的。她们还发现她对各种事情的认识都是有偏差的，有时候弄不清一个人是认识有偏差还是在吹牛。在她心目中，前夫身为产品顾问很厉害。"他这个级别的产品经理是不需要投简历的"，她不能体谅到他的处境和焦虑，对很多事也相当乐观，"我找工作也不通过投简历"，"早知道我去互联网行业好了"，"我可以跟人一起写剧本"，"去美国投奔我姐姐"……她在这个群里才发现，当上产品经理之前的所谓总监，只管着三个人，其中两个是应届毕业生。一开始她以为大家都会说产品顾问看走了眼，竟爱上那么个女人，还为他说了不少好话，结果有家属在互联网行业的人指出，他在行业内就是一个笑话，大家也很瞧不起他，认为他与莓小姐旗鼓相当、非常般配，于是她转而一再地说自己看走了眼，竟爱上那么个男人。她对他也早有诸多不认同，也因为她直言不讳地表示，才无法获得他的欢心——群里的一个人又赞扬了她的坦诚——她不断地感到羞耻，并努力驱赶着这种不愉快的感受，努力保持着姿态。尽管她得到了两三个人的欣赏，但归根结底这些人是因为讨厌那对情侣而不是因为喜欢她才聚在这里的，她操控不了她们，也不能使她们替她着想，唐小姐很希望她去大闹一场，她则希望她们去征伐莓小姐。她们看出曼玲不想让产品顾问遭殃，就另外建了一个群，在那里给产品顾问的上司起草了一封信，啰哩啰唆地指摘他的私事私德，把从曼玲那儿听说到的事直接发到网上来攻击产品顾问。产品顾问得知曼玲居然建了一个群，怒不可遏，从此再不理睬曼玲。曼玲对他母亲告状说他连小孩也不理了，他对母亲说曼玲告诉网友他是大专学历让他受网友嘲讽，曼玲委屈得要叫起来：他是大专的事早就自己在网上写过了，不需要她来透露。"我和三个高中好友都是万年差等生，自费大专生，但现在日子都过得不错，有通信外企资深中层，证券行业资深中层，软件公司创业合伙人。晚上聊起这个话题，我问：像我们这样聪明又努力，渣学历但过得不错的人很多吗？"他有什么没自己放到网上的？大概就是小孩了。他和莓小姐删除了所有提到他有小孩的评论，他表现出很爱莓小姐的孩子。结婚生子是庸俗的，但爱上一个四十岁带着孩子的离婚女人而不是个年轻女孩就显得比较酷，他们是爱经营形象的一对儿。看样子曼玲可能会失去一套广州的房子，他不会过户给她了。曼玲甚至来不及更加沮丧，她想，他本来就不想给，只是抓住了一个机会翻脸。她告诉群里的人，房子还没有过户，但还有一套房子和股票本在她名下。群里的人说，他之前说把房子和股票给她，是作为一次性支付抚养费，而不是什么她所说的愧疚，不过就算少了一个房子，他也没亏欠她。这一发现对她的打击更大，因为她从来没想过要跟他真的彻底了断，她一直相信他对她充满依赖，无论跟什么人谈情说爱，也都不过是根本成不了气候的小滑稽戏，还是要回到她身边，但她现在不那么笃定了。她还觉得自己好像被卷到了可怕的漩涡里，产品顾问和莓小姐可怕，产品顾问的上一个女伴也可怕，她还感觉到群里有些支持她的人也很可怕，她仿佛第一次近距离地看到这么多人，第一次隐约察觉到了自己对世界与人可能存在着误解，她隐约察觉而又看不清的事都是那么可怕，人心是她能掌握范围之外的事，生活对她来说过于复杂,"在宫廷权谋剧里我活不过第一集",她想着。尽管已经尽了最大的努力,那团尘霾涌进屋来了,堆在她身边,让她气恼又疲惫:"我不过是个单纯善良的普通人,为什么要这么难。"即使这样,她也没能到此为止,从这一切中抽身,去过自己的日子,她连刚接触没多少天的陌生人都离不开,她仍然不断地在群里说呀说,说个不停。

到了这个时候,群里的人已经翻完了那对情侣的过往,就听曼玲讲她了解到的进展:他母亲见到莓小姐了,"照片好看些,爱说话,感觉还可以,不让他玩手机就不玩,看来确实喜欢她,明天去她家给她爸爸过生日",他本来是不会参加女朋友或妻子父母的生日聚会的,现在高高兴兴地陪去了,他以前总说活到五十岁就死,现在说要陪她好好活到八十五,他母亲跟曼玲视频通话时,喜滋滋地从领子里拿出莓小姐送的金项链给她看。曼玲对群里人说,他母亲生病时她端屎端尿,也没见她多领情,如今却被一根金项链打动了。"你做的才是一个儿媳妇最难能可贵的。"一个群里的人说。他母亲问他莓小姐有什么缺点,人不可能没缺点,他想了很久说,有点娇气,有点抠门,什么钱都是他在出,她只给他送过一个四千块的包。"不如我以前送过他的好。"曼玲说。她止不住地诉说,他和家人对莓小姐和对自己是多么不同，他对她多么不好，对莓小姐多么好，他母亲又是多么虚荣和肤浅，表妹也从"霉妖"改称她"莓子"了，真是忘恩负义，他们一家全都忘恩负义。曼玲还说，他母亲说莓小姐家的几个小孩都长得难看，不如她女儿好看。她不停控诉他们、嘲笑他们，仿佛如此这般就能把她人生的空虚全都归咎于他们。"我可一点也不在乎他们。just kidding！""我自己有资产，有挣钱能力，我一直在赚稿费""等她把他整得很惨，我再给他致命一击。"她说。群里的人渐渐对她失去了兴趣，不认为她真的还有什么"致命一击"。那对情侣倒宣布要联起手来，他将为她的生意献策献力。他们未必毫无成功机会，现实里有那么多那么多可疑的生意堂而皇之、久而弥坚的例子。

曼玲在主页上落下一句悲叹："如果善良和宽容意味着不被尊重、被欺凌，那是不是善良的人都没有活着的意义？活着真无趣啊。"她感到累坏了，有点儿力不从心，年纪也到了，腰椎好像出了问题，疼得很，吃中药吃得四个月没来月经了，网上的人还在继续发现材料来嘲讽那对情侣，他们甚至为此注册了专门的账号，她也不想看了，因为他的耻辱也是她的……女儿这两天又长大了一点儿，长高了，瘦了一点儿，自己和前夫的脸在她脸上隐约显现出来，能够辨认了，不像之前小小一团、胖嘟嘟的时候好像谁也不像，她从女儿脸上看到了自己和他的脸长在了一起，糅得牢牢的，分也分不开，看着看着，她好像渐渐又能缓过气来了。她是复原力强的人，过段时间就会好，比这个世界上的很多人要强悍，虽然时常想不明白事情，但靠本能和受到的传统教育生存着，未见得不如那些七窍玲珑心。有些事上，她或许比别人要清楚。"永远是一家人。"她知道，他对她的依赖不亚于她对他的。她凭着坚韧、容忍、吃的苦、别无他法的笨拙和牺牲，没能赢得他的爱，却换来了他把她当作另一个妈妈般的人。因此他把大多数钱给了她，空室清野地跟别人谈恋爱，谈得不好了，还可以回来，还有她替他保管着这个家、那笔钱，钱放在她这里比拿在他自己手里、暴露给那些露水情缘更牢靠——她花一分一毫也会觉得有精打细算的责任，内心想要被评判会持家。他对跟别人的关系没有信心，他跟别人爱不了多久，这么多年来，他只有她。也许他不曾有意算计，但凭直觉实现的精明未必一定不是精明。没有钱——那位莓女士很快会发现——只有爱情。然后会怎么样？"以前总有些风波，都会过去。"曼玲心想。果不其然，过了一个月，他们讲和了，双双声称受到了网络上别有用心之人的挑拨离间，他说都是那些对他爱而不得、由爱生恨的人在捣鬼，可怜的唐小姐背了锅。她说："他一直在试着当个好爸爸。"她还把斥责他与莓女士的内容都删光了，只剩下云淡风轻，一片静好，这使她被网上的人骂，到后来骂得最激烈的就是先头最掏出一片心来热烈追随她赞美她的那个，在这之前这位网友还曾钦佩、追随过莓女士，是羔羊般的人，现在觉得曼玲大大辜负了她，全心全意地恨她，曼玲没见过这阵仗，又害怕又委屈。网上的人并不打算善罢甘休，莓女士被逼得节节败退，先是宣布暂时退出社交媒体，然后护肤品公司跟她做了切割，她丢了工作，在产品顾问把事情全部怪到曼玲头上——这下可好了，他要对她负责了，能不能生出一点儿共患难的真情来？他又怒发冲冠地来骂曼玲，还说要告网上的人，连她一起告进去。曼玲又害怕又委屈，浑身哆嗦，声泪俱下："我还不都是为了你。"生出来了，共患难的真情，她又想。"到时候我绝不让他回来了，我是绝对不想的。"这句话在她脑子里一直转，从早到晚讲了百余次，深夜躺在暗里更是叠连着念，像一种咒，催命一般，又有壁虎四下叫着，唧唧咕咕，咯咯咯咯咯咯，像各色的鬼在兴致高昂地嚼舌，都不避忌她。他凶恶的话言犹在耳，一会儿又仿佛看见他忽闪着水汪汪的大眼睛来哀求她,曼玲实在受不了了,拉起熟睡中的女儿的小手放在心口说了声:"以后我可只有你啦。"

(2021.5)

心愿奶鱼

我在商场等前妻带儿子来跟我碰头，每个月的第一个星期六下午，她会把小孩借给我玩一天。我到早了，就在商场里兜来兜去，看到商场走道中间摆着一套叫作"心愿奶鱼"的装置——一个防水布拉起来的长方形浅池，周围垂着一圈加氧泵，啵啵啵地打着气，池里一堆锦鲤，付二十五块钱就可以用绑在一根棍子上的奶瓶来喂鱼，招牌上还写着这是一个佛经故事。我在旁边看着，心想："谁要玩这个傻东西。"结果就听到有人叫我名字："吴四元……吴四元……"当然，我其实叫吴世远，我抬头看，周围没有人，声音是从水池里传来的。我发现是一条红颜色的鱼在叫我。我大吃一惊，心想你怎么知道我名字。鱼说是三十年前听到的："我们寿命四五十年都有的，三十年前听到有什么稀奇，那时我住在无锡崇安寺里面，你说你小时候是不是春游去过无锡崇安寺？"是的呀！我惊讶得一时不知道该问什么，你不是鱼吗怎么记性这么好？就算我去过，你怎么知道我名字？你一条记性惊人又会说话的鱼，如此卓尔不凡，怎么沦落到这个地步？"你和另一个小朋友躲在亭子后面不出去，老师和全班小孩一直在叫你们：'吴四元……韩时哲……'我都听见了。你们躲在那里的时候，韩时哲往水里扔橄榄核，其他鱼就涌上去抢，他看到它们受骗了，就很开心，继续丢，它们继续受骗，踊踊跃跃，挤挤挨挨。你没有丢，我记得。"你当时没有受骗吗？你这么聪明为什么沦落至此？我再次想。"聪明和命运没有必然联系，"鱼说，"最后韩时哲走出去投降了，并说离开班集体、躲起来都是你的主意。这是别的鱼听到告诉我的。他说：'吴四元叫我去。'后来你妈妈说你不该跟韩时哲当好朋友，她说得对。"

我惊呆了，但这是我的主意，他们一起找我、喊我，我更加不好意思走出去，就像没接的电话铃响越多声越不想接一样，本来一开始也没那么不想接，只是有点不想接。可见我从小就不活络，不能转喜为怒，不能破涕为笑，不能躲起来了又走出去，不能屈也不会伸，又不是尺蠖……想起几个尺蠖般的前同事。最后我说："99%经由空气传播的声音都会被水面屏蔽，你们都围在岸边也不太可能听到我们在说什么啊。"

鱼说:"知道这种事,对你的命运也没有什么帮助,你看你今天也过成了这样子。"

这时前妻和儿子来了。她说:"你怎么老是看这种傻东西。"我问儿子:"你要玩一下吗?"儿子说:"要。"我付了二十五块钱,让儿子喂起鱼来,之前跟我说话的鱼也去吃了。我说:"那你能帮人实现什么心愿吗?"结果它忙着吃,就没再跟我说过话。

(2022.1)

球形海鸥

宿舍楼出门向右，大约走两百米，有个公园，不大不小，周末有人打棒球，大多数时候都空寂无人，连通着周围同样空寂的社区街道。穿过公园，有一座小小的净土真宗寺庙，沿着河的右岸走，经过一个墓园，来到桥的一端。桥那边有回转寿司店、拉面店、烧肉店，更远一点有个购物中心，但总的来说也不是什么繁华的地方。到桥那头约有两百米，河宽百米有余，这些是我从地图上得到的数字，凭肉眼看的话，和道路差不多平的桥架在空旷的河面上，河静默平缓，时而露出些许河滩，坡岸上长满了禾本科的植物，风媒花若有似无，天空十分开阔，乌鸦叫着，令人心中茫然，掌握不好距离感。在桥头折返，下到离河更近的平行小路上走一段，再回到大路上来，经过公园，走回宿舍，这就是我平常散步的路线。除此以外，时常默念着"周一周四厨余,周五可回收物,周二干垃圾",仿佛谨记和遵守这套法则,就能风平浪静地生活下去,避免遭受风暴和迷失。每周能持续写出一点论文,洗干净饮料瓶和牛奶盒放到架子上,等待周五,一日三餐主要靠便利店里的东西解决,有时吃外食,也没有什么厨余,发的一个月十五万日元的生活费还有节余,不必动用存款。乘电梯时很少碰到人,走廊上也总不见人踪影,楼上和两侧隔壁从未传出过任何动静,不知道谁与我同住在这座宿舍里,只有扔垃圾时会看见铁笼子里还有别的袋子,仿佛是那些隐形的人辛苦一周抓捕到的生物。他们是否也在写着什么论文?他们中难道没有喜欢站着聊天聊个没完的欧美人吗?一概不得而知。

不过实际上平日里也并非与世隔绝那么回事,每星期三天有课,课上还要上讲台发言,每个月要开一次三十人左右的谈话会,偶尔也有学姐相约一起去旅行,借助铁路可以去到不少地方,学长则没有多少来往。刚到的时候好些人一起吃过一顿饭,席间有人一直说着看不惯日本这个那个,夹块刺身也要嫌弃"蕞尔小国",又说日本人的书法也种种不行,两三个人应和着。学姐说他们日语都很差,"我们传统文史专业尤其严重,越传统,日语说得越差,因为他们很有自己的骄傲，从前有个男的——现在已经是很不错的高校的副教授了——博士期间来交换，一句日语不会，到处参加学会，到处抱大腿，每个著名教授的课只去一两节，讨个签名，拍个照片，半年后回国，没多久毕业、留校、出书，在自己的博论后记里写了长长的感谢名单，说自己非常感念在某大访学的那半年，上过某某某某一大串教授的课与研究班，深受启发，对某某某某问题有了更为深刻的理解，还经常在报纸上写关于某某学派的讨论文章，每篇文章都会附上他跟某个老师的合影，特别有说服力。"后来我看到确实有人上课全部是讲中文的，因为在座的日本人都会中文。不知道他们对我不太喊"师兄"一事是不是有所察觉。

虽然说只当是个普通称呼就好，却时常无法顺畅无碍地说出口。看到他们"某某兄""某某兄"地来去时，就会感到身体里的僵硬。他们或老练或笨拙地做着同一套抱拳作揖的动作，圈定了自己人和山头，自己们是四杰七贤一百零八将，然后盯着座次，不肯轻易坐下，奉承话说得令人惊疑：他说这话是发自真心还是假的？假的怎么能说得这么真诚，真的怎么会如此虚妄。但我见过某某兄背着他当面奉承过的某某兄说他不行，可见还是假的，至少一半假，真的一半是：捧高他人即捧高自己，自己还是更高一筹，与对方应是天罡和地煞的区别。如果"师兄"叫出口，好像也凑到了那张桌边，又回想起某位前辈在聚会时独独对在场唯一身为女性的我说"小美女来给大家倒水"，一会儿又说"女学生么，搞搞《列女传》好了呀"。当时我想起有篇南宋时的墓志，说墓主还是个九岁小姑娘的时候，李清照赏识她的才华，表示愿意教她，她回答说："才藻非女子事也。"这一淑德的答复让她父亲颇感意外，亲手抄录了数十个《列女传》故事给女儿，"她便日夜诵读不辍"，让人不知说什么好。我是个表面上比较柔和的人，一般都笑吟吟的，但想想别人可能感觉得出来。有人会在群里说谁谁没有给自己点赞，都数着，几次不点赞之后就要拉黑了。这么心细，怎么会感觉不到我不热情。我也从不给他点赞，他还没拉黑我，是不是已经算纵容忍让了不近人情的女同学。我想对他们说：我其实没有治学的志向。但想想我志向如何不需要对他们说。他们可能也觉得我没有用，不会成为什么人物，也不酬唱和答，不乐意倒水，还上过班，年龄大了。我是既无志向、亦无企图、但自知之人。因为我对他们无所求，所以是真的无用。当然，可钦佩的男性学人还是有的，诸般形状者可能也在做着手里的学问，对专业的喜欢或多或少也是有的。做学术也只是一个行业，世上总有许多人在混生活，各行各业，到处都是。混生活凡人难免，无法责备，不能写得像契诃夫那么好的人也仍然要写作，有那么多人、那么多期刊、那么多事务要运转，就像源源不断生产过剩的毛巾一样不可能停下来，停在什么也不做的虚空中，而且要吃饭。但太混终归尊重不了，之前在报社工作时，去参加博物馆的特展发布会，身后的男记者热烈地讨论着股市，声音大到令人困扰的地步，各个条线多的是这样的记者，既不爱，也不懂；而本报的新闻部主任，女性，整天在朋友圈号称为身为新闻人而热泪盈眶，干的是私自将版面送出换取自己做一个近视眼手术的事。称职或令人钦佩的记者当然也有，不过我工作时好像已经越来越少了。既不爱，也不懂，也许是这世界上大多数人和事情的情况。我的牢骚无足轻重，本来并不是要说这些。

散步，上课，吃东西，在宿舍里写论文，冬天还去了一次北海道，冬天之后，我已经新写出了七万多字，拆成小论文，到处投稿。不喜欢做例如写申请、写摘要之类的事，感觉向别人描述自己写了什么论文比写论文还要麻烦，写简历也是，说自己干过些什么，也比那些事干下来还要麻烦，也不喜欢讲课，很难站在那里一直讲而坚信值得别人一听。要是能纯学习就好了，但没有那等好事。就在那时，我在公园里看到了那个人。从东边过来，使我想起"生疏"这个词，像结束冬眠从洞里出来不久的步态，背微驼，低垂着头摆弄手机，有点成绺的长乱发披垂在眼前，仿佛还沾着碎的脏雪，等走近一点儿，还能看见他的脸上也蒙着一层苍白和如梦似幻的神情，既不像只是穿过公园、要前往某处的人，也没有将公园当成目的地，仿佛走在与这个世界重叠而又不完全重合的世界里，就像套印没对齐的版画，他不时径直走出路外，走到草或土上，对着不明所以的方向站住一会儿，陆续经过草地上一只兔子和一只老虎模样的儿童攀爬架，往"狮子在天空中飞翔的日子里"（一只白色狮子蹲坐着的雕像，不太像飞过的样子）偏去，到了旁边却没有看它，接着终于抬头看了看另一样装饰物：两根顶上都有一个带海鸥翅膀的球的细柱子，连带着看到了我，露出一丝"这是什么东西"的惊愕、困惑和觉得好笑的笑容——我像是被归入了球形海鸥一类莫名其妙、令人费解的存在——然后很快低下头——鼻梁挺直，握手机的手指细长——回到他的平行世界里，沿着来的方向返回，一会儿就消失不见了。

　　过了几天，又在更往河边去一点的一个双手合十的僧人雕像那里看见了他（那尊雕像的上臂十分地长，我上网搜索看到，那位雕刻家还有上臂更长的雕像作品，以至于理应相合在胸前的手处在大约胃的高度）。我觉得我快要对他说话了，差点就要开口。"哎，"或者，"请问你在玩什么？"

我还想起，大约几个月前一个有点冷的晚上，在便利店里见到过一男一女两个年轻人，女孩浑身上下都是连缀成片的奢侈品标志，看脸年龄很小，眉头紧锁，男孩我没看清，他们无声地不融洽着。我买完东西，出门看见他们站在门口，经过他们身边时还是没听到什么。现在没什么根据地在记忆里辨别：那是不是他？也许瞬间想了一串：是中国人吗？喜欢的是女性吗？有在交往的人？可能分手了吗？住在附近？还会遇到？人像是有个开关在脑子里的什么地方，一被拨上去，脑筋就刺啦一声转起来。

我从小是多情的儿童。走在有说有笑的表哥表姐身后，心里充满爱慕和痛楚——既爱表哥，也爱表姐，他们是四肢纤长、灵活美丽的少男少女，而我是大额头的儿童。在公共汽车上，会用侧面感受站在身旁的陌生青年，其实什么都感受不到，也没有长着食草动物的眼睛，对他已下车去不知不觉。一个人到对方长大的地方游玩，怀着近似微醺的兴冲冲、乐陶陶和淡淡惆怅，沿着水库往山的关隘走上半天，一片秋水不断轻泛着明媚的波光，至今是美好的回忆，但与对方的短暂来往却不是，假使本人或回忆寻上门来，只会引起不知所措和尴尬，如果躲避不了，只能带着歉意说是误会一场。骤然感到的，是好奇和过于活跃的想象。喜欢在了解之前无从谈起，了解之后又不见踪影。贸然开口，贸然表露出兴趣，到近旁一看就失望惶惑地退开，这样的事也不止一次。学习对方学习、研究、从事、喜欢的事，蘑菇、矿石、音乐、消防、情报工作、宇宙……多半比真的和本人相处要有意思——也许吧，我好像也从没进入真正和别人一起的生活，总是在很浅的地方就走开了。强烈吸引着我的兴许是大千世界，是大千世界在众生的细小切面上折射出的闪光。而爱是罕见的。在过去很久之后，我想有一两次或许是真的，但也没有真的在一起，所以我仍然不知道。我逐渐学着认识自己突然涌起的激情，为免因心思活络而成为轻浮之人，惹出不必要的麻烦：别太在意，掩藏一下，有时三五天就会消退，因人而异。就是这样对世界热心，又和世界保持着距离。

还有像坐立难安，从家里出去，到对方住处附近，或是可能出没地方，或只是在随便什么街头走来走去，走上一通，排遣掉一点心里的激情，这样的行径，和忽然头也不回地跑出门去寻觅伴侣的猫有多少区别？我们都会被春夜感召吗？

理智是一回事，未能遏止我在散步时想要遇见他的期望。

以前我在郊区住过一段时间，在树林里散步经过一条小沟渠时，两只翠鸟一前一后从里面惊飞出来，炫丽的蓝色像一个奇迹，我想，原来这里有翠鸟啊，猜测翠鸟的家就在小沟渠的泥壁上。之后散步就盼望着见到翠鸟，当然不是常常能看见。它像小小的活的神一样，总是突然现身，叫人一阵惊讶（不管见过几次）。啊还有隼，偶尔会看到隼在很高的天空中飘浮或滑翔着，随之度过安静、缓慢而易逝的片刻，也会因为想要见到它而常抬头看天，绝大多数时候天上空空荡荡，或有白针般的飞机缓缓前移，又增添了一点对它身影的怀念。眼下也是相似的心情。不过那个人既不像翠鸟，也不像隼，非要说的话，大概像非繁殖期的红胸姬鹟，不显眼的灰绿色，在近地面的灌木丛中觅食。

随着电视里播报东京樱花提前开放，公园里的樱花也一下子开了，团在原本空的树枝间，却没有人来看。书里写盛开的樱花林中若无人，便空余悚然，令山贼都不禁害怕。山贼怕什么呢？大概是看见了正在发生着的灵魂飘散、生命凋落的情景，以及天地的无动于衷和世人无穷无尽的欲望，总之就说樱花会令人意乱神迷，要是一个人突然发现了那些事，可能是容易发狂的。但我看到樱花很高兴，心想，那个人快来看呀。在公园待了一会儿，他也没来，带着那股高兴劲儿走到河边，一直走，顺着轻柔的西南风，过了桥，顺便弯进了便利店，竟看见他在冷柜前看便当。我顺着高兴劲儿走过去，看到春季限定的竹笋便当，对他脱口而出："这是新品。"他像有点儿受到惊吓似的看了我一眼，又看向冰柜，说："啊。"出于礼貌应付似的点了点头。好像被当成了奇怪的人，像醉酒上山被冷风一吹又碰到一头老虎，轻飘飘的心情登时凝结成一块石头，颇落托一下堕在怀里，并且这么近看他的脸，发现十分年轻，更让我羞惭。我装出若无其事、只是一个多嘴路人的表情，随便抓起一样去结账。离开后回想着当时的日语发音是否标准，到底有多唐突，怎么不拿那个"新品"，拿了是不是能当成是自己在说话，尴尬的程度小一点，想来想去，闷了一会儿，最后想，把整件事抛到脑后算了，就是一场微微小的风波，樱花使人头脑发昏的说法不是毫无道理。

　　幸好没过两天，之前说好从国内过来旅游的朋友到了，我和他们一起出门玩了几天，游览了一些名胜，参观文物,看到许多端丽的春日美景——到处游人如织,落英缤纷——留下了一些肤浅然而愉快的印象。我可以想到,一些场景将来会在我脑海中浮现,像淡漠的美梦似的泡影,诸如巨大的寺庙、巨大的垂樱、幽深的墓群、宝塔间的空地、纪念品商店、古装演员、春天寒冷的河水、绕行下一座假山……我也许会混淆记忆中的假山,混淆假山和不太大的真山,这一座和那一座,这一次和另一次旅行,旅行所见和从电视里看到的、从社交媒体看到的、别人看到的,它们何其相似,也不知道是谁像谁。总的来说,当代旅游对人的心灵能起到的作用十分有限,并不总能打开人的眼界心胸,所以有很多人尽管说起来去过很多地方,但仍然没什么见识的样子。我跟随着朋友,朋友跟随着互联网评价,我们吃吃喝喝,像别人一样快乐。我一边游览,一边看文物,一边和朋友聊天,一边喝着酒,一边抽空想起那个人,仿佛是为了想起才出了远门,在安静地看着火车窗外掠过电线杆、楼群、田野、多云的天空和远远近近的山时,没有比这更适合想着什么人的时刻。

"也不是很好看的。不是什么令人一见难忘的美男子。像那种终年不见阳光的宅男。说起来有点是'醒目'的反面,那个人看上去蛮'虚'的,'画面发虚'

的感觉，在这个世界上影影绰绰，你会觉得这个人不盯着他看说不定走着走着就要消失了，所以会特别引起注意、盯着他看。"跟朋友说。

"鬼吗？"

"还是要搞一下才知道虚不虚。"他们说。

"说不定认识以后发现很傻。这也很有可能的。"我说。

"那就只搞一搞。还是要搞一下才知道，不搞都是虚的。"

"《聊斋》里有个男鬼叫王六郎，就是在河边出没，是个溺死鬼，跑上来跟一个渔夫喝酒，帮他打鱼，后来来告别，说荣升了土地神。"

"没劲，还是喜欢做官呀。"我说。

"《聊斋》里有没有跟女人搞的男鬼？"

"只记得有个男狐狸精，跟一个人妻搞在一起，丈夫和儿子就很气。这个狐狸还是坏的，把女的身体搞得很差，那些男的跟女鬼怪搞还能做官，也没被搞虚，女鬼怪还能给他生儿子，男狐狸精就是坏的。最后那个小孩设圈套把男狐狸精毒死了，不孝子，意思好像是表扬这个小孩智勇双全，让他长大以后也做了大官。蒲松龄很喜欢做官的。"

"蒲松龄是山东人啊。"

朋友回去以后，公园里的樱花还开了两天，然后就一下子凋落了。据说这种樱花被大规模广泛栽种、在各地齐开齐落、让人感到短暂易逝是近百多年来的事，也常遭人批评嫌恶。在此之前，多种多样的樱花纷纷扬扬、可以此起彼伏开上好几个月的历史却有一千多年。

我处理了一些杂务，在宿舍出门左转到学校路上的便利店买东西，春天的水汽从窗外涌进来，这间屋子和我国内自己买的房子差不多大，进门后囫囵一间，这大概就是我此生所能拥有的房间大小，以后也不可能再大，赶上了也许是我可能买得起房子的最后一年，已经要庆幸。我想起一个前男友，在市中心有一套父母买给他的房子，他们请走租客，装修了那个房子，对我说如果不喜欢上班，可以在家里看书，做任何我喜欢的事，譬如纯学习——也许写点什么，像伍尔夫那样，他说，但最后我没去住。我感到抱歉，可是在那之前我从来没问过、也不知道他有没有房子，我都没想过这个问题，所以不能说是我的责任。我甚至是到今天才突然意识到那个房子、他们给我提供的那个房间在多么市中心。好几年前的事了，就是想起来一下，没有什么眷念的。我不知道我会不会有必须屈服于什么的那一天。到目前为止，我一直一步一个脚印地一意孤行，设法当一个比较自由的人。我是会为此付出各种代价的。

又过了十天左右，在几个雨天和零散阵雨间的黄昏之前，我打算到桥那边去转一转，吃点东西，逛一下商场。走在桥上，我不禁朝对面的人行道望去，四条机动车道上车来车往，桥宽约二十五米，是以前上学时不到十秒能跑到的距离的一半，我看见那个人从桥那边过来，我就看着他，然后他不知为什么，也许感受到了注视，朝我这边看过来，看到了我。我不知道要做何反应，略微牵了牵嘴角。这时他被一辆小货车挡住了，好几辆车，我似乎感觉到黄昏突然降临，车流一下子变密了，我站了一小会儿，看不见他，往更左边看，也看不见。于是我继续往前走，走了几步，在车流偶尔中断的空隙，我看到他竟然掉转了方向，与我同向而行，并看向这边，瞬间又被车辆遮挡。隔着四条车道、归心似箭的车、隔离栏、自行车道、骑自行车的女高中生、嘈杂、正在降下的暮色，我们在桥的两侧同向而行，偶尔露出，又很快被挡住。桥走完后，他穿过横道线朝我走来——我放慢了前进的速度，将他的整个身影看得很清楚——走到我面前告诉我他对竹笋过敏。

"那天我不知道'笋'的日语怎么说。然后看见你用支付宝结账，但你走得很快。"

因为朋友来旅游前叫我手里多留点现金，省得他们去换钱。

"如果你吃了笋会怎么样啊？"

"会头晕吧。"

"哦，"我点点头，然后说，"你吃晚饭了吗？一起吃吗？你对烧肉过敏吗？"

就这样和他一起吃了便利店旁边的烧肉，得知他之前读了两年语言学校，又在府大念了一年"研究生"，现在在约莫两公里外的大学——"全日本排名六百多的大学"，他说——读修士第一年，住在这里是因为他母亲希望别人认为他在我的大学上学，之前她也不跟别人解释日本的"研究生"其实只是旁听生，"我猜别人可能心里有数，但也不拆穿她，都靠虚假活下去"。选的专业是"国际观光"，"因为是很短的四个汉字，一眼看到，觉得好笑——说的就是我吧，别的都是很长的片假名，看起来头疼，就选了这个"。又说这么草率并不值得夸耀，简直是白痴作为，因为不喜欢旅游业。但来这里也不是他的主意，他就是没反对。"总之是大家都不知道该如何是好的权宜之计吧，"他说，"对家里来说算不上是负担，我倒绝不是那种看着家里人省吃俭用还能在这里敞开肚子吃烧肉的那种不知轻重的人。"我说读博士可能也是权宜之计,虽说喜欢学习,但以学习为工作是另一回事,自己也不如期望的那样聪明。我猜他估计了一下我的年龄。我说:"中间还上过班呢。"过了一会儿他说:"我大学上了五年。"我说:"啊,为什么?"他想了想笑笑说:"我也不知道为什么。"我说:"留级吗?"他说"嗯",我也估计了一下他的年龄。我告诉他,我的签证只有一年,九月到期,还剩不到半年时间。

他在公园里是在玩一个手机游戏,要守护真实世界里那些像雕像、石碑、儿童滑梯、趴在草地上的大象、兔子、乌龟凳子、奇怪的装饰物或图案之类的东西。"总的来说是些有点特别的东西,看到就会认出来,"他说,"你要走到它们旁边。""然后呢?"我问。"把它们连起来。摸一摸。"他说。"摸一摸",这是他用的词,其实就是在手机上点一点,得到带着它们照片的钥匙,以及往外冒的其他东西,你可以想象它们是一些泉眼,游戏里叫"门泉","就是找点理由走走路,因为坐久了不动也很累,猝死在别人房子里变成新闻总归不好"。因此他熟知这一带每个地藏的位置。"这一带只有我,没有友军,也没有敌军。要不你也玩吧。"他说。"'年纪轻轻,/就摸遍了地藏,/这一带只有我。'像石川啄木写的。"我心想。他又说:"走了一阵子,呼吸了新鲜空气,身体果然好了起来。"我又觉得这话也蛮像一百多年前的人说或写的。

说的话大概就是这些,当然不是说我们只说了这么点话,包括后来我们又吃了一些饭,又说了一些话,大抵没多大意义,中间隔着少许不属于沉默的安静,浸濡在一团暖烘烘的气氛里。

回想从前和喜欢过的人在一起时说过些什么,我也几乎想不起什么,不记得讨论过什么问题。诗人也好、科学家也好,都不会谈论多少诗或科学,说的就是普普通通的话。倒是清楚记得接触过又不怎么喜欢的人说过的蠢话,记得那些话一说出来,就顿时兴趣索然、幻想破灭、心下嫌恶的时刻。也许聪明人不一定会说什么,主要是没说什么,没有蠢话冒出来,那团氤氲的气息就不会突然散开。我就可以爱着,他还可以推波助澜。当然诗与科学都引人入胜,并使一切都更加引人入胜,我在那团氤氲里,看着对方脸部某一处线条,听着好听的嗓音,间或还能听见自己笑的回声,被一种复杂的、包含了"我们也许会上床,那么何时"的悬念深深吸引,可能脸上不自觉地洋溢着笑,回家脸有点发酸,觉得自己也许当时表情傻乎乎的。(不过实际上我也没有很喜欢上床,而且有时那团氤氲是在床上突然散开的,这个防不胜防。)

第一顿饭吃完,我们出了烧肉店就分头走了,我一个人从桥上走回去,又开心,又有点在意应该是我回去的路比较长,想象他一回到家,像进门放下包一样,就把我抛到了脑后,做起其他事来,而我还在走路——啊,都不用等回到家,有可能店门口一转身就抛下了。再约吃什么的时候,他说了句:"你那边好像没什么吃的。"我想:确实,又为之一失落——他是真的想吃饭啊。"我这边有可乐饼。"我说,说出去之后他仍然建议了桥那边的餐馆,当然可乐饼是独自一人也可以吃的东西。一开始我自然而然地认为我年长并且工作过,会想替年轻学生的经济着想,但很快发现用不着。有时又会想起那位浑身名牌的女孩,或许是他私立大学的同学,心里感到嫉妒的刺痛。不过第二次在桥那边吃完饭,他说想走一走,要去摸雕塑,就跟我一起往公园走。并肩走的时候,我能感觉到他的肩膀一下一下倾向我,飘在脸前的发梢晃动着,虽然只是很小很小的幅度,还有一些头发别在耳后,鬓角很俊秀。我走得竖直,无论出门时多么踊跃,临睡前多么浮想联翩,到了面前我就很谨慎,手脚收得很老实,讲话也很清爽。到了球形海鸥那里,他好像放慢了脚步，我们就告别了。回去我就想，不知道摸一摸这个球形海鸥对他来说有多重要，他是不是真的很想摸海鸥，我就也下载了游戏，自己试一试，好像是会被地图上的小点引诱走得更远，于是更吃不准，简直想去问别人："你说他是不是真的想摸海鸥？"想想别人也不知道，只有问他自己。于是有天我问："如果不去摸海鸥会怎么样？"他说："也不会怎么样。"我说："那你是为了陪我走过来吗？"说完就想：年纪大了也很妙，虽说有时比年轻时胆怯，但又会有这样的勇气，这在我小时候可能问不出来。听到他答："嗯。"我顿了一下不知道说什么，然后说："你可以来我宿舍玩。"又马上说："不过我宿舍没什么好玩的。"他说："那去我家打游戏吗？"我没想到话突然就说到了这里。说没想到也不对，因为想象过，但也真的有点突然。我说："好。"我们就往回走。经过便利店，他说买点东西，我们就进去，我拿了一瓶水，看他拿了饮料和零食，就又拿了一包零食，说不清为什么，和别人在一起时，我总不能随心所欲地买东西，而且我又想起了一下名牌女孩。

到了他住的地方，他让我穿他的拖鞋，他光着脚，我用了一下卫生间，没发现有女性留下的痕迹，听见"嘀"的一声，是他打开了游戏机。"你要玩什么？"

他问，我说你本来在玩什么，让我看看吧。

他打开一个游戏，把手柄塞到我手里，"这是方向，往前跑，这是转视角，这是开枪，这是瞄准，这是扔手雷，算了你有空再扔，打一会儿就会了，这是跑，这是开枪，去吧。"我看见黑色屏幕上的字说："超过6000万名士兵参加了这场'完结所有战争的战争'。最后这场战争什么都没完结。""你即将抵达前线战场，在那里存活的几率十分渺茫。"它说。"什么？"我心想，犹如在爵士乐中突然被抛到欧洲战场上的非裔美国人——

所有树只剩枯树干，所有房子只剩残墙，所有人都在杀来杀去，令人措手不及。我开了几枪，好像打到了人，然后我就被打死了，这么快？出现一个名字和生卒年，这是我吗？根本来不及看清名字，我以为是我没做对什么（我看看他，他说"没事"），游戏会结束，让我重新开始。这次我会试着干得好点儿，争取活久一点——可是并没有，我又出现在一座机枪上，这是另一个我，刚才那个我已经死了，无可挽回，我朝他们扫射，他们是谁？我为什么要打他们？我心想，炮弹的火光在空中横飞，壕沟里冒着火，接着机枪巢就被轰塌了，我摔进废墟，听见有人在喊："守住窗子！"没完没了的人从破得不成形状的窗爬进来，可是侧面已经没有墙了啊，我心想，真荒唐，如果一个房子破得只剩窗，那窗也不存在了。窗守不住，而且他们明明会从侧面进来，我只有一把霰弹枪，上弹好慢。他们还有……火焰喷射器……火焰喷射器来了！我想对叫我看住窗子的人喊，这是什么玩意儿！我根本打不死他，他的头盔很硬，浑身都硬，像个会走的碉堡，我像老鼠一样躲蹿，还徒劳地朝他开枪，我快呛死了，火很烫，我看见我在燃烧，要死了，我死了，瞬间化作焦灰，又出现一个名字和生卒年，我很年轻，我还是没看清我叫什么，但我知道不是刚才那个。游戏还是没结束，我坐在了坦克里，对着坦克侧面的射击窗，这下我好像可以稍微喘口气了，看看环境，天上的庞然巨影，是美丽又恐怖的齐柏林飞艇，还有略小的飞艇，它们悬浮在空中仿佛一动不动，十分冷漠，天边小小的战斗机的身影像些零乱的飞鸟，远处近处都有人在奔走，分不清进攻和撤退的人，随着坦克前进，我看到近处有个人坐在地上，双手抱着头，不知道是不是敌人，于是我用机枪打他，把他打死了，"原来是敌人"，我想，"还好……"又看见一个人颓然地走着，我又用机枪把他打死了，我就像飞艇一样冷漠，我想。然后我坐的菱形坦克炸了。又一个我死了，我已经知道会再出现一个名字和生卒年，这个我也很年轻。又一个我置身黄绿色毒气弥漫的森林,森林已经放弃了所有树木,比白天暗,比夜晚亮,铁水般的湿泥反着光,没完没了的敌人,我开始没完没了地死,一个又一个,不同的枪,不同名字和生卒年,我到底能死几次?我问,永远打不过去就永远在这里吗?怎么才能打过去?直到人死光?6000万个,我想起来。最后总算结束了。"他们推进,我们就推回去。每隔一段时间,我们就会死命推进,直到云层中出现一道曙光……我们麻木不仁,我们天真无邪……我们是天空的骑士、沙漠中的鬼魂、泥土中打滚的鼠辈。"它说。

"哎。"我深吸一口气。我没想到是这样的。我以为游戏里的人都不会死,不会真的死,死了就会重来,即使大开杀戒也像狂欢节。没想到死了就死了,游戏继续,完全不在乎我死了,而且那些有名有姓的人显然是真的死了。"太惨了,"我说,"是我太差了吗?如果你玩也会死吗?"

"也会死的。这是注定的。"他说。

"能赢吗?"

"赢不了。"

"你平时就玩这么惨的游戏吗?"

"我平时联机,和很多人每天打个没完没了。"

"每天吗?"

"嗯。"

"打了多久啦？"

"好久了。大概一年半了吧。"

"真是漫长啊。"

"是很漫长的。"

"像在服役一样啊。"

"大概再打三年'一战'就结束了。"

"然后呢？"

"然后当然还有别的战争，现代战争啊什么的。"

我们沉默了一下，接着就接吻了。

这样的时刻他存在得很结实，皮肤干爽，发质细软，身体很瘦，不知道是不是因为这个，身上留着一件短袖——我觉得这样更好，拥抱的时候显得很孤独，手指甲剪得很短，动作温柔而谨慎，气味清淡好闻，像一种纸，像突然要下雨的黑下来的天，接着像有风的晚上的河水，水鸟的翅膀，头发从耳后滑脱，发梢飘到我脸上。

这天后来，他还和我说了他"当初也是突然被推上战场"的事——

"我们列队站在一条船上的时候，一个军官模样的人拿着大喇叭对我们喊话，就是那些'为国效力的时候到了'、'决不宽待懦夫和叛徒'、'我们有全副武装，德国人一无所有'什么的，旁边还有几个士兵用枪指着我们，让我感觉很不好——'不是自己人吗'，我想，他们站得比我们高，所以枪能指到所有人，在后面的人也逃不掉。我偷偷数了数，我们一船有大概三十来个人。周围河面上都是我们这种不大的、最简单的船。是个阴天。对岸城市的黑影子竖在半空里，像悬崖峭壁一样，又像一块布景板，不知道它怎么样了，死了没死，看不出来，你知道有些残骸什么的，死了但不倒下去。

"船一会儿就开进了对面的封锁线，炮弹擦着我们嗖嗖地飞，无数机枪，天上都是斯图卡，就像天很热的日子里河上空聚集成群的黑耳鸢，有一架盯上了我们，对着我们直冲过来，然后肚子从我们头顶上滑过去，海里的小鱼逃过鲨鱼第一次袭击之后瞥到一眼的鲨鱼肚子差不多就是这样的，我又想。船上有个人被吓坏了，大喊着'它还会回来的'，跳进河里，那几个拿枪的人就对着河里一通扫射。

"上了岸就排队领枪，我看见排在我前面的人领到了一把枪，但轮到我的时候，我被跳过去了，好像很难解释但发生得特别自然、顺滑——发枪的人略过我，再前面的人给我一把子弹，队伍往前拱着，你排在队里，就会像卡着齿轮的履带一样一格格往前滚，我接过几颗子弹，就被拱出了队伍尽头，我心想：什么？还想是不是弄错了，想往回挤，接着听见或是看见有往回挤的人好像被枪毙了，明白了就是这么回事，找他们问是没用的，只能硬着头皮往前，前面是枪林弹雨，我没枪，开玩笑一样。

"我只能尽量找掩体躲一躲，但是掩体根本没用的，你趴在那里就看见它被越轰越小，很快就剩一点渣，所以没法在那里一直躲下去。后来有个炸弹砸下来，我耳朵里先是'哔——'地响起来——像那种频道突然被切断的很尖的拖长音，接着就好像聋了一大半，世界一下子变清静了很多，只能听到一点儿很弱很闷的声音，像隔着什么东西，或者我被什么透明的东西罩起来了。轰隆隆的枪炮声变小了以后，我竟然没那么害怕了，好像真觉得我有个屏障一样。我在这种很荒诞的安宁里，看见我们的人在往上冲，他们的姿势看上去很奇怪，都弓着身子，又爬得很快，像一群鬼怪，脸也很怪，都长着猪鼻子，他们就那么弓着身子迅速地往坡上爬，有一瞬间我怀疑我刚才是不是已经被炸死了，所以看到一副阴间景象。然后我的听力恢复了，我重新感到了害怕，我盯着地面找，想捡把枪，我想跟在一个有枪的人后面，如果他不幸被炸死……看到附近的人也没枪的时候我松了一口气，因为这样我就不用盼着别人死了，可以当个好人。后来我忘记我是怎么冲上去的了。躲在弹坑里，趴在别人的尸体后面，反正最后冲上去了。"

"记得好牢，"我说，"像真的一样。"

"很多年以前了，我上高中时候的事。"

我留意到他在说游戏的时候一直很自然地使用着"我"，和拥有我眼前这具肉身的他很平滑地衔接在一起，听上去有点奇异，但我也会这么说的，大家都这么说的："'我'跳不过去""救'我'""'我'死了"。在那些时间里，我们全神贯注于那个角色，而将原本的自己暂时忽略、悬停于空无中。

成千上万个小时，他灵魂出窍，游荡在那些树林、原野、村庄和城市，脸上笼着幽光，忽明忽暗，他盘腿坐着，手垂在腿上，握着手柄，就像一个修行者，沉浸在一盘接一盘玩下去的清凉之流里，镇抚和纾缓时间从身上筛过带来的痛楚，获得一种宁静。这成千上万个小时是真的，一点没假。

"也会和姑娘在一起吧。"我说。

"哪有那么多姑娘。"他说。

我从来没有像《永别了，武器》里的姑娘那样问男人问题，我想。你爱我吗？你还有别人吗？我们是恋人吗？那位护士小姐和小伙儿中尉好上之后说了很

· 210 ·

多傻话，问傻问题，小伙儿中尉呢，睁着眼睛说瞎话，她爱听什么就答什么，只想叫她"再上床来"。我看他也没打什么仗，没干什么事，就在战地边吃着饭，挨了一发迫击炮，受了伤，因为受了伤，就有人帮他弄到了勋表，被授了勋，别人问"你都干了些什么呀"的时候，就交代得过去了，不用说"我呀，谁也不是，无所作为，花家里的钱"，那个功勋就是世俗生活中的帐篷地钉一类的东西，就像土石松滑的山坡上可以抓住的一支很细小的、未成树形的树；除了勋章，还有他爷爷给他寄即期汇票，他就靠着勋章和汇票，过那种看赛马、上戏院、上馆子、吃野味和甜点、喝这种酒那种酒的日子，撤退时还能给人小费，乘着马车上旅馆，为了有派头，"又有护照又有钱"，我记得这句。我会想，他们碰到的是别人也可以的吧？也会爱上的吧？别的护士，别的中尉，飞行员，女学生，都差不离，只要差不太多，碰到谁就会爱谁，是不是？

我很快感到了低落，我记得带小狗的女人那时就垂头丧气、无精打采的，连日来保持在高水平的化学物质降了下来，先头你一门心思只想亲近他、把他搞到手，这会儿你要开始想接下来怎么办，又有很多事不清不楚，但也没什么好问的。九月我就回去了。我心想。说不定我喜欢不到九月。很多人经不住多喜欢几天。激情的风停住时，空洞之人便瘪塌下去……是靠你自己的激情鼓吹起来在那里舞动的充气人。我想起"一战"纪录片里，那些一百年前的树林、原野、村庄、道路，不知为何时常飘着缕缕白色烟雾，也许是摄影技术的关系，人走路的样子也显得新鲜，是刚刚学会存留自己身影的人。一百年前，契诃夫笔下总有人在憧憬：一百年以后，美好的时代会到来，人人都去工作，就会获得幸福——结果也没有。工作也很空虚，没准儿比游手好闲更空虚，认为工作能使能够察觉人生空虚苦闷的人的人生不空虚苦闷是上世纪初的天真，世界上没有那么多实实在在的、有益身心的劳动留给我们干，寻求意义和有所喜欢都很难。

"我还记得越南，"他冷不丁地又说起，"也惨得要命，到处是喷火器和烧焦的人和东西。"

"像这些游戏都是这样，你这盘是美国人，下一盘可能是越南人，没个准儿，一样的，就看起来不一样，打起来一样，我觉得这倒是说了个真相：两边上战场的人是一样的，对面的人和我是一样的人，比谁都更了解我的处境，跟我心意相通，比那些我不认识的人、八竿子打不着的人更像我的兄弟。你看，爱和平的人天天玩打枪游戏也只会悟到这个。

"有天我看见一名友军往水边跑，那里停着一艘摩托艇，我就跟着他跑，想让他带我，省得自己用腿跑到前线去，也要跑好半天，他上了摩托艇以后等了我——有的人不会等，上了载具就一溜烟地开走。我一开始以为他是想从水上绕到战场侧面，但是他一直往战场的反方向开，一点儿要绕的意思也没有，一直开到很远很远的水面上，离战场远得要命，离岸也很远，然后就熄火停在那儿。我想：啊？考虑是不是要跳下船游回去，但觉得好远，比之前用腿跑上前线还累。我说：嘿！他不理我，我不知道他还在不在，就像所谓的灵魂出窍，还是在闭目养神，专门到这儿来听音乐的，船的收音机里放着乡村民谣。就在不太远的地方人们在拼个你死我活，我和这个人却在一条船上，像度假的人那样躺在一片干净明亮的水中央——水隔开了我们和现实世界——不好意思，我竟然说'现实世界'——看着棕榈树，听着乡村乐。我不知道他为什么要把我带到这儿，当然是我自己跳上了他的船，他可能没想带我来。我在船上待了一会儿，后来我还是跳到水里游回去了，费了老大的劲儿游回岸上，奔向战场，一边游啊跑啊，一边想：待在船上不是美滋滋吗？为什么宁愿去寻死呢？因为游泳和奔跑的路很长，又很无聊，我就想了好一会儿，直到开始交火。

"啊，是的，有时候就是在放着音乐的船上待不住,宁愿跳到水里去。"我说。

"嗯。"

"活得不耐烦的感觉。"

"对。"

过了一会儿我又说:"但其实特别想活。比活得耐烦的人还要想。我猜。"

我想起以前上班的时候,我常常说"好想死啊",不是从心里冒出来,自己念着,就是情不自禁说出口,挂在嘴上,有时要用手机打出来,但我一点也不显得凄苦,总是笑嘻嘻的,而且话多,叽叽喳喳,发出许多没什么意义的啁啾,像我不曾想过什么,仿佛我是那样轻快的、无忧无虑的人。这令一位同事困惑不解——也许不止一位——问我:"你老是说想死,是真的吗?我看你每天都很开心呀。""真的很郁闷啊。"我又笑嘻嘻地答。同事将信将疑。绝不是假装的忧郁,每日苦闷,忍不住发出苦闷的呢喃,其实也不是真的想去死,只是不太想活,既不想活也不想死,但甚至又想要长生不老,假如可以长生不老的话,就不那么想死了,因为不可能,才对眼下别无他法的生活、时间有限又徒然流逝倍感痛苦难耐。工作让人破碎。可是无从对置身同样处境而并不感到痛苦的人讲述痛苦,人与人十分不同,也没有一模一样的处境。"有这么难受吗？"他们会说，也有冷酷或温柔的区别，同事是温柔的好人。我还记得，三岁时的一个夏天，跟父亲一起睡午觉，醒着的我盯着熟睡着的他的裸背，上面有几个很小很小的血管痣，我很清楚地意识到：他有天会死，我有天也会死，这件事就像那几个小红点一样清楚。当时我感到了一种巨大的寂静，而且很孤独，任凭席子把它的花纹慢慢压进我左边身体里，永远留在了那儿似的。我告诉瞬。瞬（Shun），我看见他在游戏里叫这个名字。不过辞职以后我就不想死了，直到现在，也许是因为多少在做自己想做的事，虽然不是完完全全，也可能是因为年纪大了，据说人年纪大了，通常会比较不再那么想死。

"你喜欢写论文。"他说。

"嗯……还挺喜欢的。"

"这兴趣爱好挺好的。"

我觉得他说得很对，就是兴趣爱好。

接着他似乎想了想，又说："我跟你说，我以前就想过，你跟一个从来没想过死的人、不知道什么叫'想死'的人，永远也没法真的说上话。有很多那样的人的，我问过他们。"

我想起一些人。想起我妈妈，想起很多年前我在电话里跟她说了一句什么，透露了一些消极的情绪，结果她大惊失色、勃然大怒，斥责说你怎么能这样，我们家没有这种人，又讲了一通抄墙报似的套话，我当时想：你们家是谁家？不能跟她说真心话，不能跟她认真说话，经过这么多年，我终于掌握了跟她交谈的办法，就是不跟她真的交谈，她也终于得到了她要的一点儿温情。

我握着他的手，觉得那些我没问的问题也不重要。

电视的声音关掉了，画面还开着，光在我们身上变动，像雾霭从屏幕里飘出来，使我们呈蓝灰色，我看到光照在他腿上，有缝过针的疤痕，三条。"怎么搞的？"我问。

"从楼上跳下来，"他说，"我妈把我送戒网中心了。你知道戒网中心吗？"

"我看过报道。"我很震惊，等了一会儿，问，"游戏打得太多了吗？"

"不是玩游戏的事，"他说，"我觉得是她突然觉得她人生里的事都到头了。"

"没有可以再努力的事了，"他又说，"她是个用力的人。"

"她要你干吗？"

"爱她。"

"在那里最惨的是，你想搜一搜'三楼跳下来会不会死',但上不了网。"

"跳下来以后就自由了。"他说,接着又补充说,"一点儿。"

父母愚蠢,令人痛苦而羞耻;跟被电击的痛苦相比,父母愚蠢或许稍好一点;父母愚蠢到送你去接受电击,多重痛苦翻倍叠加,带着震惊和怀疑,比得上挨迫击炮了,我心想。有时人会生下跟自己相距甚远的孩子,比自己强得多或是差劲得多,或从很早的某一天开始与你背道而驰,然而彼此之间还是有着紧密的关联。他会跟每个看到他脱了裤子的人都说一遍他妈把他送戒网中心这件事吗?

后来有一次他拈起我洗完澡很湿地贴在后背衣服上的发梢,好像想说什么又没说,我说你是不是不喜欢这么湿,他说觉得说出来有点像变态怕吓到我,但他没有变态的意思,我说你说好了,他说你这样被电起来的话会特别痛。在那里只有五分钟洗澡时间,也一定要留出时间来仔细擦干。这是他仅有一次说到有关那里的事。

我没有告诉他我想起了《永别了,武器》和别的什么,因为挺傻的。也不会对他说"好好学习,找个工作"这种话。对喜欢的人、重要的问题,我的话不怎么多。话语被无休无止的一层层思虑的浪涛卷走。

就像我不曾想过什么。

无论如何，时间的河水都会推着我们往前，时徐时疾，各人也永远有着自己的生活，我本来就喜欢我的生活，努力保持着原来的节奏和平心静气，吃便利店食物，给论文收尾，不想使人困扰，也不想有人尴尬。休息天我想出门，我们就坐车出去。没有无法把他拉出战斗小屋的迹象，也许像他说的，他其实没那么爱玩游戏，或是现在喜欢上了要出门玩的游戏。在路上我们打开那个游戏，看看有什么可以摸的门泉，繁华的商业街、美术馆和名胜古迹那些地方都布满了门泉，漫溢着一汪汪能量。在人不多的地方，他就可能会走走停停、紧紧慢慢、忽前忽后、忽左忽右，时不时说"我过去一下"，绕远些许，去够那些偏离直线的门泉，再跑回来。"像没牵绳遛小狗。"我说。像有关打仗的小说和电影里的假日，我心想，在某个驻地，房子带喷水池，树木茂盛多荫，食物充足，他们走动、用餐、喝酒、找姑娘、唱歌、写信、写日记、看照片、学习，看起来悠闲、快活，但火线就在九公里外，过不了多久就要开到前线去调防，也许火线还会被推到眼前，时间所剩无多。回去以后，等我毕了业，就要陷入生活的苦战了吧。

在此期间,有有名的年轻学者突发急病去世,看到大家竞相发悼文:"我跟大佬有段往事","我跟大佬一起出去玩,一起开会,一起聊微信,大佬送我书,我送大佬书","我有幸见过大佬","我曾对他说(我的某个想法、研究,一大段),他对我说(鼓励、欣赏、以批评的口吻先抑后扬,一大段)",字里行间都是大大的"我",我从热闹里感到冷清,为他的英年早逝更难过了一点儿。又想,或许可以不那么愤世嫉俗——也许世人经由种种世故常情而盘根错节,正是如此固定住了浮世的土壤大陆。我没有那样的根团,似乎凭着逃避和别开生面的孤蓬般的禀赋以及别的什么,我觉得我未尝深入过一种生活或关系,像水黾一样从那些生活的表面滑过,与社会的联结薄弱,没有跟谁紧密而长期地相处,没有深耕的职场,没故乡感,家庭缘浅,诸如此类,大概是不能使世界免于分崩离析、烟消云散的。从有的角度看,就属于没什么用的可有可无的人吧。学习历史,也是想知道别人曾经怎样生活过,想寻找自己生活下去的办法。还有,说什么学习是兴趣爱好,又得到了难得的访学资格,之后也不一定打算留在学界,你这家伙,未免也太轻飘飘了吧!真让人火冒三丈,别人可是下了决心要待在这行里谋业谋生的啊——能想象有个声音对自己说,于是我决定不再评论别人什么。我又想：有多少人能掌握自己的命运，我又怎么能做到，只是在飘零。你扔掉那些辎重试试看，过轻飘飘的人生也绝不轻松。偶尔有朋友发来某地高校招聘的消息，想想我不会讲课，对绩效考评和行政杂务望而生畏，对环境的日益艰险也有所耳闻，我这么虚无……觉得是我去不了的地方。

我有个关系远得说不上有什么关系的亲戚，这两年过年忽然要去他们家拜访。去年或前年，他在饭桌上问我："你读的那个书，有什么用场不啦？"言下之意即没有，没有挣到什么钱，也没有谋得什么位子。然而还要继续读，这下仍然没钱没位子。我想他其实是想问我爸："哥哥，你这个大学生，有什么用场不啦？"我看过写你这样的人的书，我心里想，没读过什么书，讨厌读书人，认为他们没有用，整天闲坐着，不事生产，还讲屁话，浪费时间，浪费钱，有机会就忍不住要嘲笑奚落他们。父亲是农民，母亲是村干部，他自己经营建材小公司，精明而实际，碰到了大型外资企业兴致勃勃前来的年月和随之而来的好得空前绝后的拆迁条件，一下子有了足够多的房子，儿子们都吃着公家饭，并娶妻生子，他喝了酒，想着自己的这一切，又见我爸贫寒而一事无成，或还有我孑然一身——"城里人真是虚浮而羸弱，连后代也要没有了"，实在是得意，情不自禁要问读书有什么用。如果我爸不是软弱无能而对人事十分鲁钝和天真的人，凡事不放在心上，他也不会对我说那种话。我当着记者，自己买屋供屋，在他眼里像没正经工作似的，跟读书一样可疑，也许更糟——搬弄是非，聒噪，煽风点火，说到"记者"二字时，他露出那种"心照不宣"的讥讽笑容。我虽然上班上得痛苦，但我的工作有我始终喜欢的地方，我也绝不觉得我的工作比他们的更没意义。过年是一年里讨厌的几天，又常有冷清凄凉浮现的时刻。我爸是生活能力很弱、习惯依赖别人、不怕麻烦人也不会察言观色的乐天男子，凡不好、不愿意想、甚至已然发生但不想接受的事都以一句"不会的！"就轻松推开，擅长理化但是个笨蛋，明明做喜欢的事心灵手巧，但不做家务，连家里修修补补的小事也要找邻居帮忙来做，说他不会。我说怎么可能不会，人家又不是你的工人，为什么要来帮你干活，他说有什么关系，大家都是帮来帮去，人家找我帮忙我也都倾力相帮，我心想你能给人帮得上的忙可是越来越少呢。像那样"有用"和"没用"的男人都让人头疼。

跟瞬相处，并不会有"没用"的感觉，因为他很有独自生活的能力和常识，这点我很喜欢，也有观察力和感受力，我想这可能是因为他小时候受过一些苦，有没有受苦不一定和钱有关，我也见过那些家境一般但在风平浪静中备受宠爱长大的男孩女孩。不过这里说的"独自生活的能力"确实没包括挣钱。上学时就自己打工挣钱来买东西的我有时会对他有种想要揶揄又带着一点儿羡叹的心情,不过很淡,像一丝风,我知道人的幸运和不幸都不能被指责和评估。我自己不是也讨厌工作吗?时常会想:"要不是为了钱……真是浪费时间啊……",自己讨厌工作,看到不需要工作的人,却会在意他没有工作挣钱,这是为什么呢?工作就独立自主了吗?也没有啊,也要低头,疲于奔命,束手束脚。向领导和老板低头比向父母低头低得少吗?混进一个机构比啃老正当吗?我们不也常想,如果有个地方,每个月发我一些钱,也不用多,让我干点喜欢的事……有时我忍不住胡思乱想一通,但也来不及想出什么结论。年轻人的脸像小狗一样凑过来,心就松散开,一片沾着露水的野花簌簌摇晃。"你知道什么叫'无用之人'吗?"倒是他有次忘了怎么会说到,"'无用之人'就是出生时体力、精力、智力、信仰、敏捷……什么都是10的人。数值低倒不要紧,都可以加,但是你不知道要加什么,很容易迷失,没有志向、天赋和决心,没有长处,虽然也没什么特别大的不足,最后就变成'无用之人'。"

"没有什么特别不足的人已经很稀罕很可爱了啊。"

我说。

"你自己是魔法师就说场面话吧,这么普通的人不是很多吗?"他笑着说。

"不多的。"所以我很喜欢你,我心想。如果我是魔法师,也是个没用的魔法师,血薄精力短,很容易疲惫,没有力气干那些需要很多力气干的事,只能常常望而叹息。

"想象你拿着一根小棍子飕飕地放灵魂箭也挺可爱的。"他说。

灵魂箭是什么东西,把自己的灵魂变成箭射出去吗?我上网搜了一下,有不少视频,但没找到说明。

六月中我做完了大报告,从那时起我们开始任性地前往远处。像种子搭上鹿那样,搭慢车随意移动和落下。地图上或近或远的门泉引人不断向更远处走,譬如一条两侧不少卷帘门上画着涂鸦的街巷,或是镜子般水田的那边有一个孤零零的遗址。我们走过各式各样的道路,一天大约走上三十公里,参拜树荫和白云,从热闹的地方走到没人的地方,又从没人的地方走到热闹的地方,比直接坐车到一个地方跟前的感受更清晰而能更明白一点儿,诸如山是怎样隆起的,河水怎样流淌,人和他们的生活怎样在大地上聚拢和离散，寺庙、便利店和邮局又何其相似。人头攒动的市中心商圈、交通枢纽、寺庙、神社和幽寂无人的墓园里，门泉都挤挤挨挨，一视同仁地大量形成于短暂虚浮的生和坚固长久的死之中。

因为一做完报告就出去了，还错过了十八号的地震。

有天我们在京都清水寺遇到了另一个在玩这个游戏的人，他走得比我们快，我们过了仁王门的时候就发现我们刚才沿着寺门前商店街一路占领过来的门泉被攻陷了，随后他渐渐追了上来，不过也陷入了越来越稠密的人流中，像我们一样只能缓缓向前挪动，我们点开他的游戏档案，发现是个纪录惊人的玩家，在大殿里，他占领了我们身边的门泉，这意味着他离我们很近，就在周围摩肩接踵的人群里。我们四处张望，想找到他，就像我最初注意到瞬一样，玩这个游戏的人很好认，大殿里太拥挤了，我不想妨碍别的游客，就和瞬来到大殿外稍微空一点儿的悬空平台上等着，接着就看见了他。果然好认，你一看到就知道是他，他外表普通，约莫三十多岁，戴眼镜，头发略蓬乱，穿黑色西装外套、淡蓝色衬衫和浅卡其色长裤，斜背一个单肩小包，左手腕套着装饮料杯的塑料袋，左臂上还挂着一支透明长柄伞，突然从人群中游离浮出，从我们面前走过，我们小声说了声"嗨"，他没抬头，径直向前走去，我看见了他的手机屏幕。我们再次参观他的档案：在这个游戏里，他步行了两万多公里，做了一万六千个任务，参加了四十三个任务日，算他从游戏发布时就开始玩，四年多，他平均每天走十五六公里，做十个新任务，参加了举办过的所有任务日活动——像朝圣者一样在玩这个游戏，也许搭上了生存之外的全部时间和精力。人群中有这样一位全神贯注于攀登虚空之塔的人，而只有我们发现了他。我们到地主神社的时候，看到他已经去过上面，从石阶走下来。我们为这时隐时现于人群中、全神贯注于攀登虚空之塔的人驻足了片刻。

他走了以后我们也上去了，上面全是人和用于各种良缘祈愿和占卜的大小物件，我觉得有点尴尬，瞬也不感兴趣的样子，我们很快离开了那里。

到了河边，不自然的感觉就消散了。他问我在想什么，我说我在想我没有什么想求和想问的。我已经遇到特别好的旅伴了，我们很快会分开。

我也记得海明威那些没打仗的小说，有很多篇都是男的摊牌，说觉得没劲了，让女的一个人走了，男的留在树林里、河边，自个儿清静清静，我能感受到她走的时候他长舒了一口气，轻松、快乐、不在乎她的死活。真可怕。即便我好像是那个喜欢留在树林里、河边，自个儿清静清静的人。

"你请我吃鳗鱼饭吧。"我说。

"好啊，为什么忽然想起来。"

"因为'我去你留两个秋'。"

夏天繁盛而美丽，但会结束。"青春18"的车票买了又买，用掉了好几张。夏天到了最娇艳的时候，风里就能辨认出秋天的预告。桔梗和胡枝子开着花，坐渡轮穿过的浅海湾愈加澄澈，边缘倒映着葳蕤蓊郁、但其实它这一年的努力已经进入尾声的树木，独角仙跌落在地。山里的狐狸快长出新绒毛了吧，真想摸一摸呀，忍不住想。

"人的脑子里会闪过各种念头，"我说，"只是想了想，没有打算真的要怎么样，而且想了以后觉得更不可能，所以也许可以说是不值一提的东西。"但是现在这么安静，只有海浪哗哗响，我觉得说说也无妨。

"很早的时候我就想象你开了一个小公司，做旅游生意，但是不景气，没有生意，接待客人用的袋泡茶也快过期，有天接到了客人，结果是你妈妈带人来帮衬你。我还想象过，你住在我很小的房子里，整天坐在床上，这也不能怪你，因为我的房间确实放了一张床就没什么别的地方了。我知道我看你坐在那里，很快就会很烦躁,希望你快走,当然我觉得你也不会坐在那里,你看到我的小房子,就知道住不下。"

他忽然笑着说:"看来你真的蛮喜欢我的。"又说:"你要不要听听我想过的?"

"我本来觉得,没做到的事,就不要说比较好,不然很像骗人。可是听你说了,我又觉得说也可以。"

"我有个语言学校认识的老师,还做劳动力中介,有天我想我也许可以去找他介绍我去长野种生菜,然后把我的学费给你再上个学,反正你喜欢上学。"

"给你看个东西。"他说。

他打开手机,给我看了一枚门泉钥匙,那是一棵伫立在田间道路中央的山梨木树,四周是广阔青翠的生菜地,远处是山。

"不要太感动,"他说,"别抱希望。"

"我没有,"我说,"把这个钥匙给我吧。"

我去参加研讨会的夏合宿的时候,正是长野的乡下抢收生菜的季节,今年生菜长得很多,劳动者们早上四点之前就来到田间,因为带着露水的生菜又甜又脆,太阳出来以后就会变得逊色,有人把生菜割下来,码在田垄上,有人装箱,想要试试自己行不行的实习生只管搬运,中间八点休息吃了一会儿早饭,到下午一共搬了大约两百箱。

我将目光投向远处，感到我们就像浮游生物，藻类，或糖块，浮沉在时间的河流里，并慢慢溶解其中，我们的此刻正一起溶进山和海，海面上正闪耀着无数细碎的波光，那些粼粼波光，还有悬崖边和山涧里的白色水花，时隐时现的青苔，站台上的鸟叫声，数码投影的水母，闹市中的卡丁车，来过村庄的海啸，海啸还会再来的海岸，一些念头，水黾或蜉蝣般的一生，比庙宇高得多的树，每一刻，都被我认真而用力地吸纳和蓄存在心中，无谓短暂或长久，真实或虚幻，全都真实无比。我望着海的平面，想着这颗地球正在旋转，世界或许正在缓缓倾斜，如果来日我所站立之处变得干涸贫瘠，生活皱缩起来，我也将凭着储藏在心里的水，像苔藓一样活下去，并使我脚下一点石头化作土壤。

(2022.9)